雅典日研所 企編

雅典文化

［日檢］

單字 ＋ 文法

一本搞定

N2

MP3
附50音發音表

掌握日檢N2從單字和文法下手
用最輕鬆的方式準備日本語能力試驗

國家圖書館出版品預行編目資料

日檢單字+文法一本搞定N2 / 雅典日研所編著. -- 一版.
-- 新北市：雅典文化, 民107.05印刷
面； 公分. --（日語大師；12）
ISBN 978-986-96086-3-3(18K平裝附光碟片)
1. 日語 2. 詞彙 3. 語法 4. 能力測驗
803. 189   107003216

日語大師系列 12

日檢單字+文法一本搞定N2

編著／雅典日研所
責任編輯／許惠萍
內文排版／王國卿
封面設計／姚恩涵

法律顧問：方圓法律事務所／涂成樞律師

總經銷：永續圖書有限公司
永續圖書線上購物網
www.foreverbooks.com.tw

CVS代理／美璟文化有限公司
TEL：（02）2723-9968
FAX：（02）2723-9668

出版日／2018年05月

雅典文化

出版社	22103　新北市汐止區大同路三段194號9樓之1
	TEL　（02）8647-3663
	FAX　（02）8647-3660

50音基本發音表

清音

a	ㄚ	i	ー	u	ㄨ	e	ㄝ	o	ㄡ
あ	ア	い	イ	う	ウ	え	エ	お	オ
ka	ㄎㄚ	ki	ㄎー	ku	ㄎㄨ	ke	ㄎㄝ	ko	ㄎㄡ
か	カ	き	キ	く	ク	け	ケ	こ	コ
sa	ㄙㄚ	shi	ㄒー	su	ㄙ	se	ㄙㄝ	so	ㄙㄡ
さ	サ	し	シ	す	ス	せ	セ	そ	ソ
ta	ㄊㄚ	chi	ㄑー	tsu	ㄘ	te	ㄊㄝ	to	ㄊㄡ
た	タ	ち	チ	つ	ツ	て	テ	と	ト
na	ㄋㄚ	ni	ㄋー	nu	ㄋㄨ	ne	ㄋㄝ	no	ㄋㄡ
な	ナ	に	ニ	ぬ	ヌ	ね	ネ	の	ノ
ha	ㄏㄚ	hi	ㄏー	fu	ㄈㄨ	he	ㄏㄝ	ho	ㄏㄡ
は	ハ	ひ	ヒ	ふ	フ	へ	ヘ	ほ	ホ
ma	ㄇㄚ	mi	ㄇー	mu	ㄇㄨ	me	ㄇㄝ	mo	ㄇㄡ
ま	マ	み	ミ	む	ム	め	メ	も	モ
ya	ーㄚ			yu	ーㄩ			yo	ーㄡ
や	ヤ			ゆ	ユ			よ	ヨ
ra	ㄌㄚ	ri	ㄌー	ru	ㄌㄨ	re	ㄌㄝ	ro	ㄌㄡ
ら	ラ	り	リ	る	ル	れ	レ	ろ	ロ
wa	ㄨㄚ			o	ㄡ			n	ㄣ
わ	ワ			を	ヲ			ん	ン

濁音

ga	ㄍㄚ	gi	ㄍー	gu	ㄍㄨ	ge	ㄍㄝ	go	ㄍㄡ
が	ガ	ぎ	ギ	ぐ	グ	げ	ゲ	ご	ゴ
za	ㄗㄚ	ji	ㄐー	zu	ㄗ	ze	ㄗㄝ	zo	ㄗㄡ
ざ	ザ	じ	ジ	ず	ズ	ぜ	ゼ	ぞ	ゾ
da	ㄉㄚ	ji	ㄐー	zu	ㄗ	de	ㄉㄝ	do	ㄉㄡ
だ	ダ	ぢ	ヂ	づ	ヅ	で	デ	ど	ド
ba	ㄅㄚ	bi	ㄅー	bu	ㄅㄨ	be	ㄅㄟ	bo	ㄅㄡ
ば	バ	び	ビ	ぶ	ブ	べ	ベ	ぼ	ボ
pa	ㄆㄚ	pi	ㄆー	pu	ㄆㄨ	pe	ㄆㄝ	po	ㄆㄡ
ぱ	パ	ぴ	ピ	ぷ	プ	ぺ	ペ	ぽ	ポ

拗音

kya ㄎㄧㄚ		kyu ㄎㄧㄩ		kyo ㄎㄧㄡ	
きゃ	キャ	きゅ	キュ	きょ	キョ
sha ㄒㄧㄚ		**shu** ㄒㄧㄩ		**sho** ㄒㄧㄡ	
しゃ	シャ	しゅ	シュ	しょ	ショ
cha ㄑㄧㄚ		**chu** ㄑㄧㄩ		**cho** ㄑㄧㄡ	
ちゃ	チャ	ちゅ	チュ	ちょ	チョ
nya ㄋㄧㄚ		**nyu** ㄋㄧㄩ		**nyo** ㄋㄧㄡ	
にゃ	ニャ	にゅ	ニュ	にょ	ニョ
hya ㄏㄧㄚ		**hyu** ㄏㄧㄩ		**hyo** ㄏㄧㄡ	
ひゃ	ヒャ	ひゅ	ヒュ	ひょ	ヒョ
mya ㄇㄧㄚ		**myu** ㄇㄧㄩ		**myo** ㄇㄧㄡ	
みゃ	ミャ	みゅ	ミュ	みょ	ミョ
rya ㄌㄧㄚ		**ryu** ㄌㄧㄩ		**ryo** ㄌㄧㄡ	
りゃ	リャ	りゅ	リュ	りょ	リョ

gya ㄍㄧㄚ		**gyu** ㄍㄧㄩ		**gyo** ㄍㄧㄡ	
ぎゃ	ギャ	ぎゅ	ギュ	ぎょ	ギョ
ja ㄐㄧㄚ		**ju** ㄐㄧㄩ		**jo** ㄐㄧㄡ	
じゃ	ジャ	じゅ	ジュ	じょ	ジョ
ja ㄐㄧㄚ		**ju** ㄐㄧㄩ		**jo** ㄐㄧㄡ	
ぢゃ	ヂャ	づゅ	ヂュ	ぢょ	ヂョ
bya ㄅㄧㄚ		**byu** ㄅㄧㄩ		**byo** ㄅㄧㄡ	
びゃ	ビャ	びゅ	ビュ	びょ	ビョ
pya ㄆㄧㄚ		**pyu** ㄆㄧㄩ		**pyo** ㄆㄧㄡ	
ぴゃ	ピャ	ぴゅ	ピュ	ぴょ	ピョ

● | 平假名 | 片假名 |

各詞類接續及變化例

動詞變化

[動－辞書形]：書く

[動－ます形]：書き

[動－ない形]：書か

[動－ない形]＋ない：書かない

[動－て形]：書いて

[動－た形]：書いた

[動－可能]：書ける

[動－ば]：書けば

[動－命令形]：書け

[動－意向形]：書こう

[動－受け身]：書かれる

[動－使役]：書かせる

[動－使役受身]：書かせられる
　　　　　　（短縮形：書かされる）

い形容詞

[い形－○]：楽し

[い形－く]：楽しく

[い形－い]：楽しい

[い形－ければ]：楽しければ

な形容詞

[な形－○]：静か

[な形－なら]：静かなら

[な形－な]：静かな

[な形－である]：静かである

名詞

[名]：先生

[名－なら]：先生なら

[名－の]：先生の

[名－である]：先生である

普通形

動詞	書く	書かない
	書いた	書かなかった
い形	楽しい	楽しくない
	楽しかった	楽しくなかった
な形	静かだ	静かではない
	静かだった	静かではなかった
名詞	先生だ	先生ではない
	先生だった	先生ではなかった

名詞修飾型

動詞	書く	書かない
	書いた	書かなかった
い形	楽しい	楽しくない
	楽しかった	楽しくなかった
な形	静かな	静かではない
	静かだった	静かではなかった
名詞	先生の	先生ではない
	先生だった	先生ではなかった

文法篇

あ行

〜あげく（に）
結果

●track 005

接 續

　動－た形＋あげく

　名－の＋あげく

例 句

❀散々迷ったあげく、アメリカには行かないことに
　した。

　左思右想的結果，決定不去美國了。

❀長時間の議論のあげく、今回の件は中止に決まっ
　た。

　長時間討論的結果，決定中止這次的事情。

〜あまり
太…；過於…

●track 005

接 續

　動－辞書形＋あまり

　動－た形＋あまり

　な形－な＋あまり

　名－の＋あまり

例句

❀うれしさのあまりに涙が出る。

喜極而泣。

❀案件の成立を急ぐあまり委員会が混乱した。

太急著成立案子造成委員會一片混亂。

❀効果を期待するあまり量を多く摂ってしまう。

太期待它的效果導致攝取過多。

❀考えすぎたあまり、よい結果にならなかった。

想太多而沒有好結果。

❀彼女は多忙なあまり、胃腸炎で倒れてしまった。

她因為太忙而造成腸胃炎病倒。

～以上（は） ●track 006

既然…就…

接續

[動詞、い形]名詞修飾型＋以上（は）

名－である＋以上（は）

な形－な/な形－である＋以上（は）

比較

後面通常接上表示要求、禁止、義務、推斷、建議等表示
說話者判斷的句型。和「～からには」類似。

例句

❀ホームページを開設している以上、責任をもって
欲しい。

既然開設了網頁，就希望你能負起責任。

❀拝命した以上は全力を尽くす。

　既然接受了任命，就會盡全力去做。

❀プロ選手である以上、日頃トレーニングや自己
　管理をするは当たり前のことなのだ。

　既然身為職業選手，日常的訓練和自我管理就是理所當然的。

❀給料がこんなに安い以上は、転職を考える人がい
　るのも当然だ。

　既然薪水這麼少，有人考慮換工作也是正常的。

❀相手が試合続行不可能である以上、仕方がありま
　せん。

　既然對方不能繼續比賽，那就沒辦法了。

〜一方
另一方面；一方面

● track 006

接　續

　[動詞、い形]名詞修飾型＋一方

　名－名詞修飾型/名－である＋一方

　な形－な/な形－である＋一方

比　較

　和「一方で（は）」相同

例　句

❀調査では、三大都市圏において「生活道路や幹線
　道路の整備の状況」の重要度は71％と高い一方、
　満足度は44％と低い。

根據調查，三大都會圈內認為「生活道路和幹線的完善狀況」重要度高達71％，另一方面滿意度卻只有44％。

❀彼は有名な小説家である一方、医者でもある。

他是有名的小說家，同時也是醫生。

❀日本の大学生が就職できずにいる一方、外国人留学生は企業に大人気だ。

相對於日本大學生就業困難，外國留學生卻大受企業歡迎。

❀日本は生物多様性が豊かな一方、絶滅の危機に直面している生物が多い。

日本雖然有豐富多樣的生物，但許多物種卻面臨著絕種的危機。

❀北の先進国は経済的に豊かである一方、南の発展途上国では、依然として多くの人々は貧困や飢餓などの深刻な状態から抜け出せずにいる。

相對於北方先進國家經濟發達，南方的發展中國家仍然有許多人無法脫離嚴重貧困和飢餓的狀態。

～一方で（は）　　　●track 007
一方面；因一方面；

接續

[動詞、い形] 名詞修飾型＋一方で（は）

名－名詞修飾型/名－である＋一方で（は）

な形－な/な形－である＋一方で（は）

例句

❀彼は冒険家のように大胆である一方で統計学者の
ように緻密でもある。

　他像冒險家一樣大膽，同時也像統計學者一樣細心。

❀理想を追求する一方で適度な諦めも必要である。

　追求理想的同時，適度的放棄也是必要的。

❀アジア地域には、生物多様性が豊かな一方で、自国内
の生物について情報の収集や研究が進んでいない
国々が多い。

　亞洲地區物種豐富，同時也有許多國家進行本國生物情報
的收集和研究。

❀わが国は、人口が多く、経済が相対的に豊かであ
る一方で、食料自給率がきわめて小さい。

　我們國家人口眾多經濟發達，相對的食物自給率卻很低。

❀日本人大学生の就職難が深刻化する一方で、外国人
採用を増やす企業が相次いでいる。

　日本大學生就職困難，相對的增加採用外國人的企業卻相
繼出現。

❀国内の生産が減少する一方では、海外からの輸入
が増えた。

　相對於國內生產減少，由海外來的輸入卻增加了。

～一方だ

●track 007

一直…；不斷…

接　續

動－辞書形＋一方だ

比　較

「一方だ」是表示事態越來越嚴重，或不斷累積之意。

例　句

❀仕事が溜まる一方だ。

工作越積越多。

❀近くに工場ができたため、空気は汚くなる一方だ。

因為附近有工廠，所以空氣污染越來越嚴重。

～て以来

●track 008

在…之後

接　續

動－て形＋以来

比　較

用在「一件事情發生後一直持續到現在」的情況。

例　句

❀結婚して以来、体重が増え続けている。

自從結婚以來，體重就持續增加。

❀初めて彼女に会って以来，すっかり魅せられてしまった。

從第一次見到她以來，就深深對她著迷。

～上（に） ●track 008
再加上；而且；不僅

接續

［動詞、名詞、い形、な形］名詞修飾型＋上（に）

比較

例句

❀この著者の本は面白い上にためになる。

這個作者的書不但有趣而且有用。

❀新型インフルエンザは高熱が出る上、腹にも来る。

新流感不但會造成高燒，而且還會造成腸胃不適。

❀となりのカフェは居心地がいい上にパフェがおいしい。

隔壁的咖啡廳不但環境舒適，聖代也很美味。

❀新しい家は部屋が広くて快適な上に、交通が便利です。

新家不但房間大又舒服，交通也很方便。

❀調光器は照明の必要がないときには消しやすく、便利さの上に省エネにも貢献します。

調光器在不需要的時候可以輕鬆關掉電燈，不但方便而且對節省能源也有貢獻。

～上で（は）

在…之後

●track 009

接　續

動－た形＋上で（は）

名－の＋上で（は）

比　較

和「～上の」「～上での」相同。

例　句

❀よく考えた上で、返事をするつもりだ。

打算等仔細思考之後，再回覆。

❀ご購入の前に、必ず「お支払い方法」をご確認の上でお求めください。

在購買之前，一定要先確認過「付款方式」之後再訂購。

～上で（は）

在…的情況下；在…條件範圍內

●track 009

接　續

動－辞書形＋上で（は）

名－の＋上で（は）

比　較

和「～上でも」「～上での」相同

㊟句

❀この行為は法律の上では禁止だが、守らない人も多い。

這個行為在法律上雖被禁止，但不遵守的人很多。

❀一人暮らしする上で大事なポイントは何でしょうか。

關於獨居最重要的一點是什麼呢？

～上での ●track 009
在…之後

接續

動－た形＋上での
名－の＋上での

㊟句

❀これは正しい情報を得た上での合意です。

這是在得到正確情報後所做出的協議。

❀熟慮の上での判断です。

這是深思熟慮後下的判斷。

～上での ●track 009
在…的情況下；在…條件範圍內

接續

動－辞書形＋上<ruby>上<rt>うえ</rt></ruby>での
名－の＋上<ruby>上<rt>うえ</rt></ruby>での

例 句

❀<ruby>立秋<rt>りっしゅう</rt></ruby>は<ruby>暦<rt>こよみ</rt></ruby>の<ruby>上<rt>うえ</rt></ruby>での<ruby>秋<rt>あき</rt></ruby>の<ruby>始<rt>はじ</rt></ruby>まりです。

　　立秋就是在曆法上秋天的開始。

～上<ruby>上<rt>うえ</rt></ruby>でも　　　　　●track 010
在…之後

接 續

動－た形＋上<ruby>上<rt>うえ</rt></ruby>でも
名－の＋上<ruby>上<rt>うえ</rt></ruby>でも

例 句

❀<ruby>契約<rt>けいやく</rt></ruby>を<ruby>交<rt>か</rt></ruby>わした<ruby>上<rt>うえ</rt></ruby>でも<ruby>雇用期間内<rt>こようきかんない</rt></ruby>にクビになることもあります。

　　即使已經簽了合約，也可能在雇用期間內被開除。

❀<ruby>使用状況<rt>しようじょうきょう</rt></ruby>をご<ruby>確認<rt>かくにん</rt></ruby>の<ruby>上<rt>うえ</rt></ruby>でも<ruby>改善<rt>かいぜん</rt></ruby>されない<ruby>場合<rt>ばあい</rt></ruby>にはお<ruby>電話<rt>でんわ</rt></ruby>でのお<ruby>問<rt>と</rt></ruby>い<ruby>合<rt>あ</rt></ruby>わせをお<ruby>願<rt>ねが</rt></ruby>いいたします。

　　在確認了使用狀況之後仍沒有改善的時候，請打電話來詢問。

～上<ruby>上<rt>うえ</rt></ruby>でも　　　　　●track 010
在…的情況下；在…條件範圍內

接 續

動－辞書形＋上でも
名－の＋上でも

例句

❀目標を持つことが仕事をする上でも、遊ぶ上でも大事だ。

　懷有目標這件事不論是在工作上還是在玩樂上都很重要。

❀酒の上でも礼儀が有ります。

　就算是喝了酒也該有基本禮儀。

～上の ●track 010

在…之後

接續

動－た形＋上の
名－の＋上の

例句

❀これはすべてを考えた上の結論です。

　這些都是思考後做的結論。

❀サイズ等ご確認の上のご注文をお願いいたします。

　請確認尺寸之後再訂貨。

〜上の ● track 011

在…的情況下；在…條件範圍內

接續

動－辞書形＋上の

名－の＋上の

例句

❀留学前にオーストラリアで生活する上の注意点を調べる。

在留學之前先調查在澳洲生活上應注意的事項。

❀法律の上の罪を犯したものは罰を受ける。

犯下法律上罪行的人就會受罰。

〜上は ● track 011

既然…

接續

動－辞書形＋上は

動－た形＋上は

例句

❀言い出した上は、貫かなければならない。

既然說出口了，就一定要貫徹。

❀「やる」と言った上は、絶対にやるだろう。

既然說了要做，就一定會做吧。

❀入学する上は卒業したい。

　既然入學了就想畢業。

～（よ）うじゃないか
一起來…吧
●track 011

接　續

　動－意向形＋じゃないか

比　較

　和「～（よ）うではないか」相同

例　句

❀手に手を取り合って共にこの苦境を乗り越えよう
じゃありませんか。

　讓我們手牽手一起渡過這個難關吧。

❀遊ぼうじゃないか。

　我們一起玩吧。

～（よ）うではないか
一起來…吧
●track 012

接　續

　動－意向形＋ではないか

例　句

❀毎日魚を食べようではないか。

　每天一起來吃魚吧。

❀この町_{まち}のイメージを変_かえようではありませんか。

　一起來改變這個城市的形象吧。

～うちに
趁…

● track 012

接續

　動－辞書形＋うちに

　動－ない形＋ない形＋うちに

　い形－い＋うちに

　な形－な＋うちに

　名－の＋うちに

例句

❀コーヒーが冷_さめないうちに、お召_めし上_あがりください。

　趁咖啡還沒冷快享用。

❀コーヒーが温_{あたた}かいうちに砂糖_{さとう}を入_いれて溶_とかします。

　趁咖啡還熱的時候加入砂糖溶解。

❀今日_{きょう}のうちに買_かい物_{もの}を済_すませる。

　趁今天之內買好東西。

❀上海_{しゃんはい}にいるうちに中華料理_{ちゅうかりょうり}の腕_{うで}を磨_{みが}きたいと思_{おも}っている。

　趁著在上海的時候磨練煮中國菜的技術。

〜うちに
在…期間

●track 012

接　續

動－辞書形＋うちに

動－ない形＋ない形＋うちに

い形－い＋うちに

な形－な＋うちに

名－の＋うちに

例　句

❀爬虫類、両生類は飼っているうちに可愛くなってくる。

爬蟲類、兩生類的動物，養著養著就會覺得可愛了。

❀どんなことでも、やり続けているうちに楽しくなる。

不管什麼事，只要繼續下去就會變得快樂。

❀二人が話し合ううちに価値観の違いがどんどん明らかになった。

兩個人在談話之中漸漸明白到彼此價值觀的不同。

❀友人の性格がしばらく会わないうちに変わってしまいました。

在沒有見面的日子裡，朋友的個性有了轉變。

〜得る

可能…

●track 013

接　續

動－ます形＋得る

例　句

❀彼の話が全部うそだということは十分考え得ることだ。

他的話全都是謊言，是很有可能的事。

❀現時点で考え得る限りの最強の組み合わせ。

現在想得到最強的組合。

❀でき得るならば子供にとって最良の環境を与えてやりたい。

如果可以的話，想要給孩子最好的環境。

❀どうすれば自殺を防ぎ得たのか。

要怎麼樣才能夠防止自殺呢？

〜得ない

不可能…

●track 013

接　續

動－ます形＋得ない

比　較

「得ない」是「得る」的否定形。

㋑㉚

✿そんなことはあり得ない。

　那事情絕對不可能。/那件事真是不可理喻。

～おかげだ　　●track 014
歸功於…；託…的福

接　續

[動詞、名詞、い形、な形]名詞修飾型＋おかげだ

比　較

和「～おかげで」相同。

㋑㉚

✿お前が一人前になれたのは、一体誰のおかげだと思っているんだ。

　你能夠獨當一面，是託誰的福你知道嗎？

✿今日の勝利の半分は、あなたのおかげです。

　今天的勝利，有一半是託你的福。

✿助かったのは神様のおかげだと思っています。

　能夠獲救都是老天保祐。

✿初学でなんとか合格できたのは先生の熱心な講義を1年間真面目に聞いたおかげだと思っております。

　身為初學者竟然可以合格，都是因為在1年中認真聽了老師熱心的講課。

❀福岡市が大都市に発展できたのは、空港と都心が
近いおかげだと思います。

我覺得福岡市能夠發展成大都市，是因為機場離市中心很
近的關係。

❀留学生活が寂しくないのは、大家さんが親切なお
かげだ。

留學生活不寂寞，是因為房東很親切的關係。

～おかげで

● track 014

歸功於…；託…的福

接　續

[動詞、名詞、い形、な形] 名詞修飾型＋おかげで

例　句

❀インターネットのおかげで世界中のニュースをた
だで読める。

因為網路的關係，才能免費看到世界上的新聞。

❀先生に相談したおかげで今後の方向性が見えて、
大変楽になりました。

多虧和老師談過，才能看到未來的方向，感到十分輕鬆。

❀世代が近いおかげで、先輩にもすごく相談しやすい。

因為年紀相近，所以能很輕鬆地和前輩商量。

❀手続きが簡単なおかげで作業があっという間に
終わった。

因為手續很簡單，所以作業很快就完成了。

〜おそれがある

● track 014

恐怕…；有…的可能；有…的危險

接 續

動－辞書形＋おそれがある

名－の＋おそれがある

例 句

❀ 積雪路及び凍結路は滑りやすく、事故になるおそれがある。

積雪和結凍的路很容易滑倒，有造成事故的可能。

❀ 大雨による重大な災害が発生するおそれがある。

有可能因大雨而造成重大的災害發生。

❀ 警報は、重大な災害や災害のおそれがある時に発表します。

警報是在發生重大災害或有可能發生災害時發表的。

か行

〜限り（は）
track 015

只要…

接續

動－辞書形＋限り

い形－い＋限り

な形－な＋限り

名－の＋/名－である＋限り

例句

❀離婚をしても子供の親である限り、子供の成長のために養育費を支払う義務があります。

即使是離婚了，只要還是孩子的父母，就有義務要支付孩子成長所需的養育費。

❀日本にいる限り花粉症の脅威から逃れることはできない。

只要身在日本，就無法從花粉症的威脅中逃開。

❀日本の人件費が高い限り、日本の商品の競争力は上がらないだろう。

只要日本的工資高，日本商品的競爭力就沒辦法提升吧。

❀元気な限りこの仕事を続けたいと思います。

只要還健康就希望繼續這個工作。

～限り（は）

到極限；竭盡所能

●track 015

接　續

動－辞書形＋限り（は）

名－の＋限り（は）

例　句

❀その件につきできる限り調査してみた。

關於能件事，已竭盡所能試著調查。

❀声の限り叫ぶ。

竭盡力氣喊叫。

～限りでは

(限定範圍)據…所…；就…

●track 015

接　續

動－辞書形＋限りでは

動－た形＋限りでは

例　句

❀私が知っている限りでは、そう簡単に有名人には会えません。

就我所知是不可能那麼輕易見到名人的。

❀ちょっと話した限りでは、彼はいつもとまったく変わらないように見えた。

根據簡單的談話，我覺得他和平常沒有什麼不同。

～かけだ　　　　　　　　　　　● track 016
剛開始…；在…途中

接　續

動－ます形＋かけだ

比　較

表示一件事開始後還沒結束。和「～かけの」「～かける」相同。

例　句

❀そのコーヒーは飲みかけだよ。

那杯咖啡喝到一半。/那杯咖啡我還在喝。

❀夕飯はまだ作りかけです。

晚飯還正在做。

～かけ（の）　　　　　　　　　● track 016
剛開始…；在…途中

接　續

動－ます形＋かけ（の）

例 句

❀飲みかけ(の)ペットボトルを放置していくと雑菌が繁殖する。

喝到一半的保特瓶要是放著不管，很容易孳生細菌。

～かける
剛開始…；在…途中
●track 016

接 續

動－ます形＋かける

例 句

❀言いかけてやめる。

說到一半就不說了。

❀野生きのこを食べて死にかけた経験がある。

有過吃了野生菇類差點死掉的經驗。

がたい
很難…；難以…
●track 017

接 續

動－ます形＋がたい

例 句

❀ここに誰かが住めるとは信じがたい。

很難相信這裡有人住。

❀このような蛮行は許しがたい。

這樣的暴行難以原諒。

❀知り合った人たちとの別れは、いつも寂しく、別れ
がたい気持ちで一杯になりました。

和朋友分別，一直都充滿著寂寞和難分難捨的心情。

〜かと思うと ● track 017

剛…就…

接續
動−た形＋かと思うと

比較
和「〜かと思ったら」相同

例句
❀彼は「やる」と言ったかと思うとすぐに「嫌だ」
と言う。

他剛要說「我要做」，馬上又說「不要」。

❀彼は私の姿を見たかと思うと出て行った。

他一看到我就走出去。

〜かと思ったら ● track 017

剛…就…

接續
動−た形＋かと思ったら

比較
後面通常接和前句相反或意料之外的句子。

例句

❀ お昼には晴れたかと思ったら、急に暗くなった。

正以為白天會放晴，沒想到天色突然暗了下來。

❀ 円安になったかと思ったらまた円高になった。

正想著日圓貶值了，沒想到又馬上高漲。

～か～ないかのうちに
―…就…

●track 017

接續

[動－辞書形/た形] ＋か＋ [動－ない形] ＋ないかのうちに

例句

❀ 彼はヘビースモーカーなので、1本吸い終わったか終わらないかのうちに、2本目に火をつけた。

他是老菸槍，1根菸才剛吸完馬上又點第2根。

❀ 映画館に入って席につくかつかないかのうちに，映画が始まった。

進到電影院剛坐下，電影就開始了。

～かねない
有可能

●track 018

接續

動－ます形＋かねない

比較

通常用在可能出現負面、壞的結果時。

例 句

❀降り出しかねない空模様だ。

　　天空的樣子看來說不定會下雨。

❀あいつはどんなことでもやりかねない男だ。

　　他是什麼事都可能做得出來的男人。

❀そんな危険な運転では、事故を起こしかねない。

　　那麼危險的開車方式，很有可能會發生事故。

❀不摂生な食事ばかりでは、病気になりかねない。

　　吃東西沒有節制的話，很容易會生病。

～かねる　　　　　　　　　　　●track 018

難以…；無法…

接 續

　動－ます形＋かねる

例 句

❀返品、交換には応じかねます。

　　難以接受退、換貨的要求。

❀会員の都合によるクラスのキャンセルは、理由の如何にかかわらず、予約完了後は応じかねます。

　　不管理由為何，預約完成之後，恕不接受會員因個人因素而取消課程。

❀見るに見かねて彼の手助けをした。

　　因為看不下去而出手幫他。

～かのようだ

好像…一樣

● track 019

接 續

[動詞、い形]普通形＋かのようだ

な形－（である）＋かのようだ

名－（である）＋かのようだ

比 較

和「～かのような」「～かのように」相同。

例 句

❀今年は秋を飛ばして一気に冬が来たかのようだ。

今年好像是跳過了秋天，直接就到了冬天一樣。

❀彼はまるで父親に会ったことがないかのようだ。

他就好像從來沒見過父親一樣。

❀彼女は淡々と話した。まるで本当はどうでもいいかのようだ。

她淡淡地說著，就像真的無所謂一樣。

❀最近の不運続きの生活が、まるで夢だったかのようだ。

最近倒霉事不斷的日子，就好像是一場夢一樣。

❀山田さんは、いつも得意そうに話している。何でも知っているかのようだ。

山田總是一臉自信滿滿地說話，好像什麼都知道一樣。

❀彼らはまるで我々の友であり家族であるかのようだ。

他們就像是我們的朋友和家人一樣。

～かのような

●track 019

好像…一樣

接　續

[動詞、い形]普通形＋かのような

な形－（である）＋かのような

名－（である）＋かのような

例　句

❀まるで自分の責任ではないかのような応答をした。

就像不是自己的責任一樣回答問題。

❀アニメの世界から抜け出てきたかのような美少女。

就像是從動畫裡面走出來的美少女。

❀いてもいなくてもいいかのような扱いは、誰でも嫌です。

被當作可有可無，是誰都會不願意的。

❀その男の子は、自分がまるで偉大な学者であるかのような話し方をする。

那個男孩用好像自己是偉大學者一般的口氣講話。

❀外国産食品の安全性が大きな問題となり、逆に日本の食品なら絶対に安全であるかのような勘違いが生まれています。

外國製食品的安全性有很大的問題，反而造成了日本食物好像就絕對安全的錯覺。

～かのように

好像…一樣

● track 020

接　續

[動詞、い形]普通形＋かのように

な形－(である)＋かのように

名－(である)＋かのように

例　句

❀毎日を人生最後の日であるかのように生きていれば、いつか必ずひとかどの人物になれる。

把每天都當成是最後一天般地生活，總有一天必定能成為出色的人。

❀彼女が幸せで楽しいかのように一日中歌を歌っていた。

她因為很幸福所以開心似地一整天唱著歌。

❀彼は何もなかったかのように話を続けました。

他就好像沒事一樣繼續話題。

～からいうと   ●track 020
從…來看

接續

　名＋からいうと

比較

　和「～からいえば」「～からいって」相同。

例句

❀結果からいうと、私のミスでクレームになったの
　です。

　從結果看來，是因為我的疏失才造成客訴。

❀値段だけ見てしまうとこの商品は決して安くない
　ですが、品質からいうとかなりお得な値段です。

　從價格來看這個商品並不算便宜，但從品質看來則相當划
　算。

～からいえば   ●track 021
從…來看

接續

　名＋からいえば

例句

❀結論からいえば、これらの食べ物は別々に食べた
　ほうがおいい。

　從結論來看，這些食物分開吃比較好吃。

✿ここは駅から遠いですが、価格からいえば、良い
ホテルだと思います。

這裡雖然離車站很遠，但以價格來判斷的話是很不錯的飯店。

～からいって ●track 021
從…來看

接續

名＋からいって

例句

✿私の経験からいって、最もいい運動は歩くことだ
と思う。

依我的經驗，最好的運動就是走路。

～からこそ ●track 021
正是…

接續

[動詞、名詞、い形、な形]普通形＋からこそ
名＋からこそ

比較

和「～こそ」相同。

例句

✿この一眼レフカメラは小さいからこそ毎日持ち
歩ける。

這台單眼相機因為很小，所以可以每天帶著走。

❀好きだからこそこの仕事を続けられる。

正因為很喜歡所以可以持續這個工作。

❀辛い練習をしたからこそ今のように上達することができているんだと思います。

正因為有辛苦的練習才有現在的進步。

❀好きな仕事だからこそ一生懸命できる。

正因為是喜歡的工作，才能夠拼命努力。

～からして ●track 021
從…看來

接 續

名+からして

比 較

舉例子表示其他也不例外。

例 句

❀このドラマは面白そうですね。タイトルからして面白いです。

這部連續劇好像很有趣。光從劇名看就很有趣。

～からして ●track 022
從…推斷

接 續

名+からして

例句

❀子供の行儀が悪いことからしてあの家の家庭教育が分かる。

從小孩的教養不好就可以推斷出那家的家庭教育如何。

～からすると
站在…的立場；從…的角度
● track 022

接續

名+からすると

比較

和「～からすれば」相同。

例句

❀親からすると子供はいつになっても子供です。

從父母的角度，孩子不論到什麼時候都是孩子。

～からすると
根據…來判斷
● track 022

接續

名+からすると

比較

和「～からすれば」相同。

例句

❀このバッグは値段からすると偽物だと思います。

從這個包包的價格判斷這應該是贗品。

〜からすれば ● track 022

站在…的立場；從…的角度

接　續

名＋からすれば

例　句

❀日本人には常識でも、外国人からすれば変だと思うこともある。

有些事日本人認為是常識，但在外國人看來很奇怪。

〜からすれば ● track 023

根據…來判斷

接　續

名＋からすれば

例　句

❀彼の成績からすれば、大学受験はとても無理だ。

從他的成績判斷，大學入學測驗要合格是不可能的。

〜からといって ● track 023

雖然…；就算是…

接　續

[動詞、名詞、い形、な形]普通形＋からといって

比較

後面多半接否定。

例句

❀この会社は歴史があるからといって来年倒産しないとは限らない。

雖然這間公司很有歷史，但也不能保證明年不會破產。

❀資格を取得したからといって、就職活動がうまくいくわけではない。

就算是考取了證照，也不能保證能順利就業。

❀安いからといって衝動買いはよくないです。

就算便宜，衝動購買也不太好。

❀勉強が嫌いだからといって、サボってばかりではいけない。

就算討厭念書，也不可以一直偷懶。

❀子供だからといって、こういうことをやるのも良くない。

就算是小孩，做這種事也不太好。

～からには

● track 024

既然…就；一定是…

接續

[動詞、い形]普通形＋からには

な形－である＋からには

名－である＋からには

比　較

和「〜からは」相同。

後面通常是接表示義務、命令、勸誘、決心、推斷的句子。

例　句

❀警察官であるからには、人々の安全を守る義務が
ある。

既然身為警察，就有保護人民安全的義務。

❀アメリカに留学したからには、できるだけ多くの
外国人と友達になりたい。

既然到美國留學，就想盡可能和很多外國人成為朋友。

❀約束したからには、どんなことがあっても守るべ
きだ。

既然做了約定，不管有什麼事都應該遵守。

❀高価なものがこんなに安いからには必ず理由があ
る。

昂貴的東西賣得這麼便宜，一定有它的理由。

❀ホームは視覚障害者にかなり危険であるからには
ガイドが必要なのです。

既然月台對視障者有高度危險，就必需要有引導。

〜からは　　　　　　　　●track 024
既然…就；一定是…

接　續

［動詞、い形］普通形＋からは

な形－である＋からは

名－である＋からは

例 句

❀アメリカに来たからはいつかニューヨークへ行っ
てみたいと思っている。

既然來了美國，就希望有天能去紐約看看。

～から見て（も）
從…看來

● track 024

接 續

名＋から見て（も）

比 較

和「～から見ると」「～から見れば」相同。

和「～からいうと」類似。

例 句

❀路面の様子から見て、トラックなんかが通ってい
るみたいです。

從路面的情況看來，應該有卡車之類的經過。

❀彼はどこから見ても正真正銘の日本男児だ。

從不管從哪一方面看，都是十足的日本男子漢。

～から見ると ●track 025

從…看來

接續

名＋から見ると

例句

❀エンタテインメント性という点から見ると、この映画はいい作品だ。

從娛樂性的角度看來，這部電影是好作品。

～から見れば ●track 025

從…看來

接續

名＋から見れば

例句

❀彼の様子から見れば、病気に間違いありません。

從他的狀況來判斷，一定是生病了。

～気味 ●track 025

有點…

接續

動－ます形＋気味
名＋気味

例 句

❀風邪気味である。

好像有點感冒。

❀彼女は太り気味だ。

她好像有點發胖。

～きり（だ）
僅僅；只有

●track 025

接　續

動－辞書形＋きり（だ）

動－た形＋きり（だ）

名＋きり（だ）

例 句

❀恋人と二人きりで映画を観た。

和情人兩個人看電影。

❀日本料理はずっと前に食べたきりで、最近は全然食べていません。

日本料理從很久以前吃了之後，最近完全沒吃過。

❀彼は何を聞いても、笑っているきりで、全然答えない。

他不管聽到什麼，都只是一直笑，完全不回答。

❀京都なんて数年前に行ったきりだ。

京都從幾年前去過後就不曾再訪了。

〜きり（だ）
持續某一個狀態

● track 026

接　續

動－た形＋きり（だ）

比　較

口語上可寫成「〜っきり」。

例　句

❀彼女は、日本へ行ったきりだ。

　她去了日本就不曾回來。

❀彼は突然病気で寝たきりになってしまった。

　他突然因為生病而臥床不起。

〜きる
完成；完

● track 026

接　續

動－ます形＋きる

比　較

和「〜きれる」相同。

例　句

❀この本を2日間で読みきった。

　用兩天讀完這本書。

❀ 瓶の牛乳を飲みきった。

喝光瓶子裡的牛奶。

❀ 朝食を食べきらないうちに彼が来た。

還沒吃完早餐他就來了。

～きる
非常、完全

● track 026

接續

動－ます形＋きる

例句

❀ 私は疲れきっている。

我非常累。

❀ 信用しきっていた人に裏切られた。

被完全信任的人背叛。

❀ 飛行機に乗り遅れて困りきっていた。

因為沒搭上飛機而非常困擾。

❀ 泥棒が逃げきった。

小偷逃逸無蹤。

～きれない
不能完全…；不能完成

● track 027

接續

動－ます形＋きれない

（例）（句）

❀使いきれないほどお金を持っていた。

　擁有彷彿花不完的錢。

❀今日中に仕事を全部はやりきれない。

　工作沒辦法在今天內全部完成。

❀このホールに500人は入りきれない。

　這個會館無法容納500人。

❀いくら感謝してもしきれない。

　怎麼感謝都不夠。

～きれる

● track 027

完成；完

接　續

　動－ます形＋きれる

（例）（句）

❀賞味期限内に食べきれるか。

　在有效日期前吃得完嗎？

❀こんなサイズのハンバーガーを食べたことはない
が、食べればたぶん食べきれる。

　我沒吃過這種尺寸的漢堡，但要吃的話應該吃得完。

～くせに

●track 027

明明；儘管…可是

接　續

[動詞、名詞、い形、な形]名詞修飾型＋くせに

例　句

❀あなたは何も知らないくせになんでも知っている
ような事を言う。

你明明什麼都不知道，卻說得好像什麼都懂似的。

❀金持ちのくせにけちだ。

明明是有錢人卻很小氣。

❀彼は若いくせに高級車に乗っている。

他還很年輕卻開高級車。

❀あの人、歌が下手なくせに、マイクを握ると離さ
ないです。

那個人明明歌唱得不好，但是拿到麥克風後就不肯放手。

～くらい

●track 028

大約…的程度

接　續

動－辞書形＋くらい

動－ない形＋ない＋くらい

い形－い＋くらい

な形－な＋くらい

名＋くらい

比較

和「～くらいだ」「～ぐらい」「～ぐらいだ」相同。

例句

❀周りが見えないくらい集中する。

　専心到看不見四周的事物。

❀海かと思うくらい幅の広い川。

　寬闊得讓人誤以為是海的河川。

❀泣きたいくらいだ。

　到讓人想哭的程度。

❀飛び上がりたくなるくらい嬉しかった。

　高興得想跳起來。

❀あなたくらいバカなやつはいない。

　世上沒有像你這樣的傻瓜。

❀泣きそうなくらいに嬉しかった。

　高興得快要哭出來。

～くらい

●track 028

只不過

接續

動－普通形＋くらい

名＋くらい

例 句

❀それくらいでは駄目だ。

只不過那種程度是不行的。

❀それくらいで慌てるな。

只是那種程度的事沒什麼好慌張的。

❀どんなに急に仕事が入ったとしても、電話を掛けるくらいの時間はあるはずです。

不管臨時有什麼工作，只不過是打個電話應該有時間吧。

～ぐらい
大約…的程度

●track 028

接 續

　動－辞書形＋ぐらい

　動－ない形＋ない＋ぐらい

　い形－い＋ぐらい

　な形－な＋ぐらい

　名＋ぐらい

例 句

❀どれぐらいの長さですか。

大概有多長呢？

～ぐらい

●track 029

只不過

接　續

動－普通形＋ぐらい

名＋ぐらい

例　句

❀0点を取ったのは君ぐらいのものだ。

會拿0分的只有你了。

❀それを買うぐらいの金なら持っている。

買那個東西的錢我還有。

❀それぐらいは私でも知っている。

那種程度的事情我也知道。

～くらいだ

●track 029

大約…的程度

接　續

動－辞書形＋くらいだ

動－ない形＋ない＋くらいだ

い形－い＋くらいだ

な形－な＋くらいだ

名＋くらいだ

例句

❀毎晩、赤ちゃんに泣かれて眠れない。親の私の方が泣きたいくらいだ。

每天晚上都被嬰兒哭泣吵得不能睡，到了就連身為父母的我都想哭的程度。

～くらいだ
只不過
● track 029

接續

動－普通形＋くらいだ

名＋くらいだ

例句

❀彼とは1年に2回お互いの誕生日に電話するくらいだ。

和他的交情只是1年打2次祝賀生日電話。

～ぐらいだ
大約…的程度
● track 030

接續

動－辞書形＋ぐらいだ

動－ない形＋ない＋ぐらいだ

い形－い＋ぐらいだ

な形－な＋ぐらいだ

名＋ぐらいだ

例 句

❀電車が通る度にもの凄い騒音で話もできないぐらいだ。

電車通過的時候造成很大的噪音，幾乎到了無法對話的程度。

~げ ● track 030

好像… ; …的樣子

接 續

い形－○＋げ

な形－○＋げ

比 較

「~げ」是屬於な形容詞。

例 句

❀彼は寂しげに、一人で教室に座っていた。

他好像很寂寞似的一個人坐在教室裡。

❀彼は得意げな顔で歩いている。

他帶著得意的表情走著。

~こそ ● track 030

正是…

接 續

句子＋こそ

名＋こそ

例 句

❀これこそ探していたものです。

這正是我要找的東西。

❀今年こそ頑張ろう。

今年一定要努力。

〜ことか
●track 030

多麼…啊。(表示感嘆)

接 續

[動詞、い形、な形]名詞修飾型＋ことか

例 句

❀あなたの電話をどんなに待っていたことか。

我等你的電話等得好苦啊。

❀恋人と別れて、どんなに辛かったことか。

和戀人分手，是多麼痛苦的事啊。

❀スマートフォンは、なんと便利なことか。

智慧型手機真是便利的商品啊。

〜ことから
●track 031

從…看來；由…判斷

接 續

[動詞、い形]名詞修飾型＋ことから

名－である＋ことから

な形－な/ な形－である＋ことから

例 句

❀道が濡れていることから、今朝雨が降ったことがわかった。

　從道路是濕的這點判斷，今天早上下過雨。

❀相手が精神病であることから、離婚が認められます。

　從對方有精神疾病判斷，離婚成立。

❀80を過ぎたとは思えないほどに元気であることから、彼はまだまだ長生きしそうだ。

　看不出來年過80般充滿活力，看來他可以長命百歲。

～ことだ　　　　　　　　　　　●track 031

必須…；應該要…

接 續

　動－辞書形＋ことだ
　動－ない形＋ない＋ことだ

比 較

　表示「勸告」的意思。

例 句

❀新人であれば、どんな職業でも一番新しい情報や方法を一生懸命勉強することだ。

　身為新人，不管是什麼職業都應該努力學習最新的情報和方法。

❀責任を取るというのは、自分から不平不満や文句を言わないことだ。

所謂的負責，就是不說出不滿或是抱怨的話。

〜ことだから　　　　　　　　　● track 031
因為是⋯

接 續

名ーの＋ことだから

例 句

❀子供のことだから、適当にやればいい。

因為是孩子，所以隨便做做就好。

❀あなたのことだからきっといい作品ができると思います。

因為是你，所以一定能做出好作品。

〜ことなく　　　　　　　　　　● track 032
少了⋯；沒有⋯

接 續

動ー辞書形＋ことなく

例 句

❀一時も休むことなく頭を動かしている。

一刻都不休息地動腦。

❁目標を忘れることなく、一生懸命勉強する。

不曾忘記目標，拼命努力念書。

～ことに（は）　　　　　●track 032
讓人…的是…；令人…的是…

接　續

動－た形＋ことに（は）

い形－い＋ことに（は）

な形－な＋ことに（は）

例　句

❁驚いたことに、その図書館には経済学の本が多すぎて、期限内に読み終えることはできなかった。

讓人驚訝的是，那個圖書館裡經濟學的書太多了，無法在期限內全部讀完。

❁ありがたいことに最近仕事が増えた。

可喜可賀的是最近工作增加了。

❁幸いなことに、電池の切れかかった携帯電話を店の人に充電してもらった。

幸運的是店裡的人幫我把快沒電的手機充電。

〜ことになっている
約定；規定

●track 032

接続

動－辞書形＋ことになっている

動－ない形＋ない＋ことになっている

い形－い＋ことになっている

比較

用來表示規定、規則。

例句

❀明日、彼と会うことになっている。

明天要和他見面。

❀日本では、20歳まではたばこを吸ってはいけないことになっています。

在日本，規定未滿20歲是不能吸菸的。

❀オーストラリアの学校では、生徒たちは放課後に教室などの掃除をしなくてもいいことになっている。

在澳洲的學校，學生們放學後不需要做打掃教室之類的打掃工作。

～ことはない
不必…；沒必要…

● track 033

接　續

動－辞書形＋ことはない

例　句

❀まだ早いから、急ぐことはない。

時間還早，不用急。

❀大したことではないから、心配することはありま
せん。

不是什麼大事，所以不用擔心。

さ行

～際（さい）（は）

●track 033

在…的時候

接　續

動－辞書形＋際（さい）（は）

動－た形＋際（さい）（は）

名－の＋際（さい）（は）

比　較

和「～際に」相同。

例　句

❀海外（かいがい）へ行（い）く際（さい）は、事前（じぜん）に空港（くうこう）で両替（りょうがえ）しておいたほうがいい。

出國時，最好事先在機場進行匯兌。

❀お忘（わす）れ物（もの）をした際（さい）は、お早（はや）めにお問（と）い合（あ）わせ下（くだ）さい。

遺失東西的時候，請盡早前來詢問。

❀帰国（きこく）の際（さい）、先生（せんせい）の家（いえ）に挨拶（あいさつ）に行（い）った。

回國的時候，到老師家打了招呼。

〜際に
在…的時候

●track 034

接續

動－辞書形＋際に

動－た形＋際に

名－の＋際に

例句

❀別れの際に彼女の手を握った。

分開的時候握了她的手。

❀席を離れた際に，椅子の上に置いていた鞄を盗まれた。

離開位置的時候，放在椅子上的包包被偷了。

❀メールを送信する際にエラーが発生します。

發信的時候出現了錯誤。

〜最中だ
正在…

●track 034

接續

動－ている＋最中だ

名－の＋最中だ

比較

和「〜最中に」相同。

㊟句

❀今は努力している最中だ。

現在正在努力。

❀今は日本シリーズの最中です。

現在正在舉辦日本職棒冠軍賽。

～最中に
正在… ● track 034

接續

動－ている＋最中に

名－の＋最中に

㊟句

❀マラソンを走っている最中におなかが痛くなってしまった。

正在跑馬拉松的時候肚子痛了起來。

❀授業の最中に頭痛がして授業に集中できません。

在上課中開始頭痛導致沒辦法專心。

～（で）さえ
連…都… ● track 035

接續

名＋（で）さえ

㊋㊐

❀彼さえ知らないのだからだれも知らないだろう。

　連他都不知道的話，就沒人會知道了。

❀ABC さえ書けない。

　連ABC都不會寫。

❀彼は兄弟にさえ裏切られた。

　連自己的手足都背叛他。

～さえ～ば　　　　　　　　　　●track 035
只要…就…

㊋㊞

動－ます形＋さえ＋すれば/しなければ

い形－く＋さえ＋すれば/なければ

な形－で＋さえ＋すれば/なければ

名－で＋さえ＋すれば/なければ

名＋さえ＋動－ば

名＋さえ＋い形－ければ

名＋さえ＋な形－なら

名＋さえ＋名－なら

㊋㊐

❀もっと勉強しさえすれば試験に合格できたのに。
　明明再只要再用功一點就能通過考試了。(卻沒有用功)

❀これさえあれば十分だ。

只要有這個就夠了。

❀交通が便利でさえあればどんなところでもいいんです。

只要交通方便，什麼樣的地方都可以。

❀コツさえわかれば誰でもうまく運転できる。

只要知道技巧，誰都可以駕駛得很好。

❀年をとっても、体さえ丈夫なら心配はいらない。

雖然上了年紀，只要身體健康的話就不需要擔心。

❀結果さえよければ手段は選ばない。

只要有好結果，不管用什麼方法都行。

～ざるを得ない
不得不…

● track 036

接續

動－ない形＋ざるを得ない

（「する」可變成「せざるを得ない」）

例句

❀そんなに薦められたら買わざるを得ない。

這麼推薦的話也不得不買了。

❀苦笑せざるを得なかった。

只能苦笑。

❀私は大学進学を諦めざるを得なかった。

我不得不放棄升大學。

～次第 （しだい）
馬上、立刻

● track 036

接　續

動－ます形＋次第（しだい）
名＋次第（しだい）

例　句

❀計画（けいかく）が立（た）ち次第（しだい）実行（じっこう）することにしよう。
　等計畫好就馬上開始實行。

❀品物（しなもの）が着（つ）き次第（しだい）送金（そうきん）します。
　等商品到了就立刻付錢。

❀ご都合（つごう）がおつきになり次第（しだい）いらして下（くだ）さい。
　等您方便的時候再過來。

❀都合（つごう）がつき次第（しだい）お訪（たず）ねします。
　等您方便的時候我再前去拜訪。

❀本製品（ほんせいひん）は、在庫終了（ざいこしゅうりょう）次第（しだい）廃盤（はいばん）とさせて頂（いただ）きます。
　本商品等庫存出清後就絕版。

～次第（しだい）だ
原委；原因

● track 036

接　續

[動詞、い形、な形] 名詞修飾型＋次第（しだい）だ

...

比　較

和「～次第で（は）」相同。

例　句

❀以上のような次第で、引退することになりました。

因為上述原因，決定引退。

❀私の仕事なのにこんなこともわからなくて、お恥ずかしい次第です。

明明是我的工作卻連這種事都不知道，真的很不好意思。

❀現在の仕事に向いていないのではないかと思い、先生と相談した次第です。

覺得自己是否不適合這個工作，所以和老師商量。

～次第だ
視…而定

● track 037

接　續

名＋次第だ

比　較

和「～次第で（は）」相同。

例　句

❀決めるのは君次第だ。

由你決定。

...文法篇　單字篇

...

～次第で（は）　　　●track 037
視…而定

接　續

名＋次第で（は）

例 句

❀努力次第で成功します。

努力決定是否成功。

❀お天気次第でどこへ行くか決めよう。

看天氣狀況決定要去哪裡。

～次第で（は）　　　●track 037
原委；原因

接　續

[動詞、い形、な形]名詞修飾型＋次第で（は）

例 句

❀怪我した次第で、その選手は引退した。

因為受了傷，那位選手就退休了。

❀このような次第で僕は日本語という言語を知り、
学習を始めたのです。

由於這個原因我認識了日語這個語言，才開始學習。

❀このソフトをどうやって使うのか全く分からない次第で困っています。

因為不知道怎麼使用這個軟體，所以很困擾。

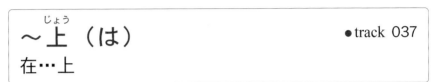

～上（は）
在…上 ● track 037

接續

名＋上（は）

比較

和「～上の」「～上も」相同。

例句

❀この仮説は理論上は可能だけど物理的に実現不可能だ。

這個假說在理論上有可能成立，但在物理上是不可能成立的。

❀今のテレビには教育上良くない番組が多い。

現今的電視台有許多在教育上有不良影響的節目。

～上の
在…上 ● track 038

接續

名＋上の

例 句

❀「留学」と「旅行」の法律上の違いを説明します。

解釋留學和旅行在法律上的不同。

～上も ●track 038
在…上

接　續

名＋上も

例 句

❀食事というのは、健康上も美容上もとても大切な要素です。

飲食在健康上和美容上都是很重要的因素。

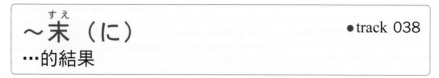

～末（に） ●track 038
…的結果

接　續

名－の＋末（に）

比　較

和「～た末の」「～た末に」相同。

例 句

❀激しい議論の末、ようやく結論を出した。

經過了激烈討論的結果，終於做出了結論。

❀日本チームは PK 戦の末に宿敵韓国を破る。

PK戰的結果日本隊會打敗宿敵韓國。

～ずにはいられない ●track 038
不由得…；忍不住…

接續

動－ない形＋ずにはいられない

(「する」的形式為「せずにはいられない」)

比較

和「～ないではいられない」相同。

例句

❀子供がテレビばかり見ていると「勉強しなさい」
と言わずにはいられない。

孩子老是看電視，忍不住要說「快去念書」。

❀あんなにひどいことを言われたら、誰でも、怒ら
ずにはいられないだろう。

被說了這麼過分的話，不管是誰都會忍不住生氣。

～せいか ●track 039
因為…；歸罪於…

接續

[動詞、名詞、い形、な形] 名詞修飾型＋せいか

比較

　和「～せいだ」「～せいで」相同。

例句

❀気のせいか、夕日の沈むのが遅くなったような。

　不知是不是心理作用，太陽下山的時間好像變晚了。

　(「気のせい」為慣用句，表示「心理作用」「錯覺」)

❀最近、寒いせいかランニングをちょっとサボり気味です。

　最近可能是因為天冷的關係，常常偷懶不去跑步。

❀この辺りは、交通が不便なせいか、家賃が安い。

　這附近可能是因為交通不便，所以房租很便宜。

～せいだ

　　　　　　　　　　　　　　　●track 039

因為…；歸罪於…

接續

　[動詞、名詞、い形、な形]名詞修飾型＋せいで

例句

❀列車に乗り遅れたのは交通渋滞のせいです。

　坐不上火車是因為塞車的關係。

❀気のせいだよ。地震なんてなかったよ。

　是因為錯覺啦，才沒有什麼地震呢。

❀僕のせいじゃない。

　不是我的錯。

❀彼が自殺したのは教諭がカンニングを疑ったせいだ。

他會自殺是因為老師懷疑他作弊的關係。

❀背中を悪寒が走るのは、まだ熱が高いせいだろう。

身體覺得很冷，會不會是因為還在發高燒的關係。

❀英語を話せないのは臆病なせいだ。

不會說英文是因為膽小的關係。

～せいで

●track 040

因為…；歸罪於…

接續

[動詞、名詞、い形、な形] 名詞修飾型＋せいで

例句

❀薬のせいで眠くて仕方がない。

因為吃藥的關係想睡得不得了。

❀先日の寒さに毛布を出さなかったせいで日曜の夕方あたりから風邪気味だ。

前幾天很冷卻沒有把毯子拿出來用的關係，星期天傍晚出現感冒症狀。

❀貧乏なせいで夫婦喧嘩が絶えない。

因為貧窮，夫婦之間爭吵不斷。

❀外は寒いけど電車内が暑いせいでいつも汗だく。

外面雖然很冷，但因為火車裡很熱的關係總是汗流浹背。

た行

～た末（に）
…的結果

● track 040

接續

動－た形＋末（に）

例句

❀いろいろ考えた末、彼はこのプロジェクトに参加
しないことに決めました。

思考了很多的結果，他決定不參加這個計畫。

❀10年近い無名生活を耐えて努力した末に、日本を
代表する最高の役者に成長した。

忍耐了近十年沒沒無聞的生活不停努力的結果，終於成長
為能代表日本最好的演員。

～た末の
…的結果

● track 040

接續

動－た形＋末の

例句

❀これはいろいろなことを考えた末の結論だ。

這是經過了諸多考慮後的結論。

たとえ～ても
即使…也

● track 041

接　續

　たとえ＋動－ても

　たとえ＋い形－くても

比　較

　和「たとえ～でも」相同。

例　句

❀たとえ失敗しても、あきらめない限り、敗北ではない。

　就算失敗，只要不放棄，就不算輸了。

❀私は成功の可能性が６割くらいあれば、たとえ難しくてもその仕事を受ける。

　只要成功的可能性有 6 成，就算是很難我也會接受那份工作。

たとえ～でも
即使…也

● track 041

接　續

　たとえ＋な形－でも

　たとえ＋名－でも

㊇㊟

❀たとえ困難でも、最後までやりぬきたい。

就算很困難，我也想做到最後。

❀たとえお金持ちでも、幸せでなければ意味が無いと思っている。

就算是有錢人，不幸福的話就沒有意義。

～たところ　　　　　　　●track 041
沒想到；結果…；…的時候

㊦㊡

動－た形＋ところ

㊇㊟

❀自動車を運転していたところ、ブレーキをかけ遅れて、信号で止まっている前の車に追突してしまいました。

開車的時候，因為太晚剎車，於是撞到前面停紅燈的車子。

～たとたん（に）　　　　●track 042
―…就…

㊦㊡

動－た形＋とたん

㊎㊤

一發生前面的事，就出現後面的現象。

例句

❀あの曲を聴いたとたん、歌いたくなる。

　只要聽到那首歌就想跟著唱。

❀座ったとたんに電話が鳴る。

　才坐下來電話就響了。

～だらけ
●track 042

滿是…；全是…

接續

　名＋だらけ

例句

❀水害でゴミだらけになった。

　因為淹水導致到處都是垃圾。

❀この記事は内容が間違いだらけで修正しようにも手がつけられない。

　這篇報導內容錯誤連篇，想改也無從修正起。

～ついでに
●track 042

順便

接續

　動－辞書形＋ついでに

　動－た形＋ついでに

　名－の＋ついでに

㊞ 句

❀スーパーへ行くついでに図書館で本を借りた。

去超市的時候順便去圖書館借書。

❀神戸へ行ったついでに、京都まで足をのばして
観光に行った。

到神戶的時候，順便繞到京都觀光。

❀買い物のついでに図書館に寄った。

買東西時順便到圖書館去。

～っけ

…嗎；…吧

● track 043

接 續

[動詞、名詞、い形、な形]普通形＋っけ

比 較

口語用法；也可以用「～でしたっけ」「～ましたっけ」。

㊞ 句

❀そうだ。今日は田中さんの誕生日だっけ。

對了，今天是田中的生日對嗎？

❀彼女にまだ会議の場所を知らせていなかったっ
け。

是不是還沒把會議的地點告訴她？

～っこない ●track 043
絶不⋯；不可能⋯

接續

動－ます形＋っこない

例句

❀ 車で行っても、今からじゃ間に合いっこない。

就算開車去，現在出發也絕不可能來得及。

～つつ ●track 043
一面⋯一面⋯；⋯的同時

接續

動－ます形＋つつ

例句

❀ 相手の気持ちを考えつつ、自分の気持ちをちゃんと伝えるのは難しい。

一邊顧慮對方的心情，同時又能確實傳達自己的心情是很難的事。

～つつ ●track 043
雖然⋯卻

接續

動－ます形＋つつ

比　較

和「〜つつも」相同。

例　句

❀仕事をしようと思いつつネットを見て１日が過ぎた。

雖然想著要工作，但還是上網過了一天。

〜つつも　　　　　　　　　●track 043
雖然…卻

接　續

動－ます形＋つつも

例　句

❀深夜に起きて仕事をしようと思いつつも、しっかり朝まで眠ってしまいました。

想要在半夜起來工作，但卻一覺到天亮。

〜つつある　　　　　　　　●track 044
逐漸

接　續

動　ます形＋つつある

比　較

屬於文書用語。

例句

❀景気は緩やかに回復しつつある。

　景氣正緩步復甦。

～て以来
從…以後

● track 044

接續

動－て形＋以来

例句

❀彼女は数年前に交通事故に遭って以来頭痛に悩まされている。

　她從幾年前遭遇交通事故以來，就一直為頭痛所苦。

～てからでないと
不先…就不能

● track 044

接續

動－て形＋てからでないと

比較

和「～てからでなければ」相同。

例句

❀口座に着金したのを確認してからでないと、発送しません。

　不先確認金額進到戶頭之前，是不會寄送貨品的。

～てからでなければ ●track 044
不先…就不能

接續

動－て形＋てからでなければ

例句

❀ビザを取得してからでなければアメリカに入国で
きません。
沒有取得簽證就無法進入美國。

～てしようがない ●track 045
非常…；…得不得了

接續

動－て形＋しようがない

い形－くて＋しようがない

な形－で＋しようがない

比較

和「～てたまらない」「～てならない」相同；主詞都必
須是第一人稱。

例句

❀彼氏に会いたくてしようがない。
非常想見男友。

❀足が痛くてしようがない。
腳痛得受不了。

❀彼の性格にいらいらしてしようがない。

他的個性讓我煩得受不了。

❀偉大なミュージシャンがいなくなってしまって残念でしようがない。

偉大的音樂家過世了，讓人覺得十分可惜。

～てたまらない
非常…；…得不得了

●track 045

接續

動－て形＋たまらない
い形－くて＋たまらない
な形－で＋たまらない

例句

❀膝が痛くてたまらない。

膝蓋痛得受不了。

❀頭痛がしてたまらないので、近くの病院に行った。

頭痛得不得了，於是到附近的醫院去。

❀サッカーが好きでたまらない。

對足球喜歡得不得了。

～てならない
非常…；…得不得了 ●track 046

接　續

動−て形＋ならない

い形−くて＋ならない

な形−で＋ならない

比　較

比「～てしようがない」「～てたまらない」正式。

例　句

❀出場できなかった選手が本当にかわいそうに思え
てならない。
不禁覺得無法出場的選手非常可憐。

❀今回の大会に参加できるのは本当に嬉しくてなら
ない。
能參加這次的大會真的十分開心。

❀試験のことが心配でならない。
對考試的事擔心得不得了。

～ということだ
據說… ●track 046

接　續

[動詞、名詞、い形、な形]普通形＋ということだ

[命令、意向、推量、禁止]＋ということだ

比　較

　意同「～とのこと」。

例　句

❀ニュースによると、今年の夏はあまり暑くならないということです。

　據新聞報導，今年夏天不太熱。

❀彼のメールでは、今年のお盆の休みに実家に帰るとのことだ。

　根據他的電子郵件，今年的盂蘭盆節會回老家。

～ということだ
就是説…　　　　　　　　　　　● track 046

接　續

　[動詞、名詞、い形、な形]普通形＋ということだ

　[命令、意向、推量、禁止]＋ということだ

例　句

❀エントリーした企業から連絡がないのは不採用ということですか。

　沒接到應徵的企業聯絡就是沒被錄用嗎？

～というと ● track 047
說到…；提到

接續

名+というと

[動詞、い形、な形]普通形+というと

比較

和「～といえば」相同。

例句

❀外国語というと英語を指すことが多い。

提到外語多半是指英語。

❀スポーツというと、トップアスリートが行うような競技スポーツを連想しがちです。

提到運動，容易讓人聯想到頂尖運動員所進行的運動競技。

～といえば ● track 047
說到…；提到

接續

名+といえば

[動詞、い形、な形]普通形+といえば

例句

❀日本の国技と言えば、何と言っても「相撲」でしょう。

提到日本的國技，就非相撲莫屬。

❀アメリカといえば、飛行機に遅れて困ったことを
思い出します。

提到美國，就想到因搭不上飛機而困擾的回憶。

～というものだ ●track 047
也就是說

接　續

[動詞、名詞、い形、な形]普通形＋というものだ
(但「名詞」和「な形」可以不接「だ」)

比　較

例　句

❀いい作品ができた。苦労して働いた甲斐があった
というものだ。

做出了好作品，辛苦工作都有價值了啊。

❀一生懸命勉強したので、テストの結果が待ち遠し
いというものだ。

因為非常努力學習，所以迫不及待想知道考試的結果啊。

❀小さな会場で生演奏を聞かせてもらうのは贅沢と
いうものだ。

在小小的會場能聽到現場演奏，真是奢華的事情啊。

～というものではない
未必；並非

● track 048

接　續

[動詞、名詞、い形、な形]普通形＋というものではない
(但「名詞」和「な形」可以不接「だ」)

比　較

和「～というものでもない」相同。

例　句

❀情報が多ければ判断が楽というものではない。

並非資訊越多就越容易判斷。

❀年が若ければいいというものではない。

並不是越年輕越好。

❀このエピソードは歴史的事実というものではない
のだろう。

這個故事應該不是歷史事實吧。

❀政治家だけでこの国を動かしていくというもので
はない。

並不是只靠政治家就可以讓這個國家運作。

～というものでもない
未必；並非

●track 048

接續

[動詞、名詞、い形、な形]普通形＋というものでもない
(但「名詞」和「な形」可以不接「だ」)

例句

❀インテリアは高（たか）ければよいというものでもない。
室內裝潢並不是越貴越好。

❀高価（こうか）な食材（しょくざい）を使（つか）いさえすればおいしい料理（りょうり）ができるというものでもない。
並不是使用昂貴食材就能做出好吃的料理。

❀保険（ほけん）に入（はい）っておけば安心（あんしん）というものでもない。
並不是有投保就能放心。

～というより
與其…不如…

●track 048

接續

[動詞、名詞、い形、な形]普通形＋というより
(但「名詞」和「な形」可以不接「だ」)

例句

❀最近（さいきん）の駅前（えきまえ）広場（ひろば）は、広場（ひろば）というより、むしろ自転車置（じてんしゃお）き場（ば）だ。
最近的站前廣場，與其說廣場，不如說是自行車停車場。

❀学生にとって、勉強は、義務というより、むしろ
権利であるはずだ。

對學生來說，念書與其說義務不如說是權利。

❀暖房が効きすぎて、暖かいというより暑い。

暖氣太強了，與其說溫暖不如說是熱。

❀彼女は綺麗というよりかわいい。

她與其說漂亮，不如說是可愛。

❀全てを練習するというよりも自分のレベルに合わ
せてできる部分から練習すると効果的です。

與其所有的部分都練習，不如從適合自己程度的部分開始，
還比較有效果。

～といったら　　　●track 049
說到…

接　續

名＋といったら

例　句

❀あのレストランの料理の美味しさといったら、
口で言い表せないほどです。

說到那家餐廳的美味，是無法言喻的。

〜といっても

●track 049

雖然說…；就算…

接續

[動詞、名詞、い形、な形] 普通形＋といっても

(但「名詞」和「な形」可以不接「だ」)

例句

❀ 給料が高いといっても、物価が高いから、生活は楽ではない。

雖然薪水很高，但因為物價也高，生活並不輕鬆。

❀ 彼の場合、勉強しているといっても、ただ机の前に座っているだけだ。

他就算說要念書，也只是坐在桌子前面而已。

❀ そのアーティストが好きだといっても、全部の曲を知っているわけではありません。

就算是喜歡那個歌手，也不可能知道他所有的歌。

❀ 課長といっても部下は3名だけで同じ仕事をしている。

雖然說是課長，但其實也只是有3位部下做同樣的事而已。

～とおり（に）
依照 ●track 050

接　續

　動－辞書形＋とおり（に）

　動－た形＋とおり（に）

　名－の＋とおり（に）

　名＋とおり（に）

比　較

　和「～どおり（に）」相同。

例　句

❀私の言ったとおりにやってみてください。

　請照我說的做。

❀説明書に書いてあるとおりに組み立ててください。

　請照說明書寫的組合。

❀この赤線のとおりに進んでください。

　請依紅線前進。

～どおり（に）
依照 ●track 050

接　續

　動－辞書形＋どおり（に）

　動－た形＋どおり（に）

　名－の＋どおり（に）

　名＋どおり（に）

例 句

❀予想どおり、日本チームが優勝した。

正如同預期，日本隊獲得勝利。

❀薬は用法どおりに飲まないといけない。

藥物一定要照使用說明服用。

～とか
●track 050

聽說

接 續

[動詞、名詞、い形、な形]名詞修飾型＋とか

例 句

❀3時に着くとか言ったと思いますよ。

我記得(他)好像說3點會到喔。

❀昨日はこの夏一番の暑さだったとか。

聽說明天是這個夏天最熱的一天。

❀田中さんのお父さんも議員だとか伺いました。

聽說田中的父親是議員。

～どころか
●track 050

哪談得上；別說是…

接 續

[動詞、い形]普通形＋どころか

な形－な/な形－○＋どころか

名＋どころか

例 句

❀外国へ行くどころか町の外にも出られないよね。

別說是出國了，連這個城市都出不去。

❀虫が嫌いどころか怖い。

對於昆蟲，別說是討厭了簡直是害怕。

❀私の部屋は寒いどころか、冷蔵庫みたいなところ
だ。

我的房間別說是冷了，簡直像是冰箱。

～どころではない
哪可以…

●track 051

接　續

動－辞書形＋どころではない
名＋どころではない

比　較

和「～どころではなく」相同。

例 句

❀忙しくて遊ぶどころではない。

忙得不得了，哪可以玩樂。

❀来週試験があるから旅行どころではない。

下星期就要考試了，哪能去旅行。

〜どころではなく ●track 051
哪可以…

接續

動－辞書形＋どころではなく
名＋どころではなく

例句

❀ 仕事が忙しくなり練習どころではなく、レースに
出場することもなくなりました。

工作變得忙碌沒有時間練習，所以也失去了比賽出場的機會。

〜ところに ●track 051
正當…

接續

動－辞書形＋ところに
動－た形＋ところに
動－ている＋ところに
い形－い＋ところに

比較

和「〜ところへ」「〜ところを」相同。

例句

❀ 私が音楽を聞いているところに、お客さんが来た。

我正在聽音樂的時候，客人來了。

～ところへ
正當…
●track 052

接　續

　動－辞書形＋ところへ

　動－た形＋ところへ

　動－ている＋ところへ

　い形－い＋ところへ

例 句

❀いいところへ来ましたね。今ちょうど良いお酒が
　手に入ったんです。一緒に飲みましょう。

　你來得正好，我剛好有一瓶好酒，要不要一起喝一杯？

～ところを
正當…
●track 052

接　續

　動－辞書形＋ところを

　動－た形＋ところを

　動－ている＋ところを

　い形－い＋ところを

比　較

　「～ところを」後面通常是接被動或使役形。

例句

❀仕事中に居眠りしているところを課長に見られた。

工作中打瞌睡被課長看見了。

〜としたら ●track 052
如果…

接續

　[動詞、名詞、い形、な形]普通形＋としたら

比較

　和「〜とすれば」相同。

例句

❀生まれ変わるとしたら男がいいか女がいいか。

　如果轉世的話，想當男生還是女生？

❀もし今日が自分の人生最後の日だとしたら、何を
したいですか。

　如果今天是自己人生最後一天，想做什麼？

〜としたら ●track 053
從…方面來考慮；既然…

接續

　[動詞、名詞、い形、な形]普通形＋としたら

比　較

　　和「〜とすれば」相同。

例　句

❀プロが無理だとしたら、少年野球の監督でもいい
　んです。

　　既然不能成為職業選手，那麼當青少棒的教練也可以。

〜とすれば　　　　　　　　●track 053
如果…

接　續

　　[動詞、名詞、い形、な形]普通形＋とすれば

例　句

❀彼の発言が事実だとすれば本人の命が危ない。

　　如果他說的話是事實，那麼他就有生命危險了。

〜とすれば　　　　　　　　●track 053
從…方面來考慮；既然…

接　續

　　[動詞、名詞、い形、な形]普通形＋とすれば

例　句

❀電話をかけても、出ないとすれば、今日は定休日
　なのでしょう。

　　既使打電話也沒人接，那麼今天應該是公休日吧。

な行

～ない限り（は）
除非…否則就…

接続

動－ない形＋ない限り（は）

い形－く＋ない限り（は）

な形－で＋ない限り（は）

名－で＋ない限り（は）

例句

❀負けたと言わない限り勝っている。

　只要沒說出認輸，就還算勝利。

❀仕事が忙しくない限り、毎日運動したい。

　只要工作不忙，就想每天運動。

❀プロでない限り、修復した痕跡を見つけるのはかなり難しいことです。

　除非是專業人士，否則要看出修復的痕跡是很困難的。

❀今日はよほど重要でない限り会社に連絡しないでください。

　今天除非有重要的事，否則不要和公司聯絡。

～ないことには

● track 054

不…就不…

接　續

動－ない形＋ないことには

い形－く＋ないことには

な形－で＋ないことには

名－で＋ないことには

比　較

後面通常會接具否定意思的句子。

例　句

❀受験準備には、まずは子供自身が勉強しないことには話になりません。

提到準備升學考試，如果小孩自己不用功的話就沒戲唱了。

❀情報が多くないことには、推理もできません。

情報不夠多的話就無法推理。

❀積極的でないことには、この仕事は無理だ。

不積極的話就無法勝任這個工作。

❀事故の原因が何かは、専門家でないことには分からないでしょう。

事故的原因是什麼，不是專業人士不會知道。

～ないことはない
●track 055

並不是沒有…；不是不…

接　續

動－ない形＋ないことはない

い形－く＋ないことはない

な形－で＋ないことはない

名－で＋ないことはない

比　較

和「～ないこともない」相同。

例　句

❀難しいけどできないことはない。

雖然很難，但不是辦不到。

❀この小説、面白くないことはないんですが、今ひとつですね。

這本小說，不能說不有趣，但也只是普通。

～ないこともない
●track 055

並不是沒有…；不是不…

接　續

動－ない形＋ないこともない

い形－く＋ないこともない

な形－で＋ないこともない

名－で＋ないこともない

例句

❀A:「このコート、ちょっと地味ではありません
か。」

這件外套會不會太不起眼了？

B:「地味でないこともないけど、よく似合ってい
るからいいんじゃないですか。」

並不會太不起眼，很適合你啊。

〜ながら ●track 056

雖然⋯

接續

動－ます形＋ながら

動－ない形＋ない＋ながら

い形－い＋ながら

な形－○＋ながら

名＋ながら

比較

和「〜つつ」「〜つつも」的意思類似。

例句

❀あれだけの才能がありながらいつも貧乏だ。

雖然那麼有才華但卻一直很貧窮。

❀残念ながら明日学校に行けそうにありません。

很遺憾明天無法去學校。

（「残念ながら」為慣用用法，表示「很遺憾」、「很可惜」）

❀彼は小柄ながら、抜群の運動能力を生かしたプレイを展開する。

他雖然個頭小，但是用出眾的運動能力進行比賽。

❀この加湿機は、安いながら性能がいい。

這台加濕器，雖然便宜但是功能很好。

～など

track 056

之類的；等等

接　續

名＋など

比　較

和「～なんか」「～なんて」相同。

例　句

❀彼らは私の姓名、年齢などを尋ねた。

他們問我的姓名及年齡等。

～など

track 056

那類的(表示輕視)

接　續

名＋など

比　較

和「～なんか」「～なんて」相同。

例句

❀私は決してうそなどつきません。

　我決對不會說謊之類的。

❀そんな男のことなど知らないね。

　沒想到他是那種男生。

～なんか
之類的；等等　　　　　　　　　●track 056

接續

　名＋なんか

例句

❀スーツなんか着て、どこ行くの。

　竟然還穿西裝，要去哪裡呢？

～なんか
那類的(表示輕視)　　　　　　　●track 057

接續

　名＋なんか

例句

❀お金なんか要りません。

　我才不需要錢。

❀君なんかに分かるものか。

　像你這種人才不懂呢！

～なんて

●track 057

之類的；等等

接　續

名＋なんて

例　句

❀父の日に旅行なんてどうですか。

父親節要不要去旅行什麼的呢？

～なんて

●track 057

那類的(表示輕視)

接　續

名＋なんて

例　句

❀勉強なんて大嫌いだ。

最討厭念書什麼的了。

❀嫌だなんて言わせない。

不讓你說不要什麼的。

❀木村なんていう人はここでは働いていません。

沒有什麼姓木村的在這裡工作。

～にあたって　　　● track 057
在…的時候；在…之際

接續

動－辞書形＋にあたって
名＋にあたって

比較

和「～にあたり」相同。

例句

❀住宅を購入するにあったて、物件代金以外にも諸費用
が必要になります。

買房子的時候，必然會同時產生購屋金額以外的各種費用。

～にあたり　　　● track 058
在…的時候；在…之際

接續

動－辞書形＋にあたり
名＋にあたり

例句

❀新年にあたり自分の目標を再確認した。

趁著新年再次確認自己的目標。

〜に応じ

● track 058

根據…；依…

接　續

名＋に応じ

比　較

和「〜に応じた」「〜に応じて」相同。

例　句

❀温度に応じ、体の色を変える昆虫がいる。

有昆蟲會依溫度改變身體的顏色。

〜に応じた

● track 058

根據…；依…

接　續

名＋に応じた

例　句

❀学生は能力に応じた教育を受ける権利がある。

學生有權力依自己能力接受教育。

〜に応じて

● track 058

根據…；依…

接　續

名＋に応じて

例 句

❀勤務年限に応じて退職金が異なる。

根據服務年資，退休金也有所不同。

❀収入に応じて税金が課される。

依據收入課稅。

～に（は）かかわりなく　●track 059

不管…

接　續

動－辞書形＋動－ない形＋ない＋に（は）かかわりなく

名＋に（は）かかわりなく

比　較

「に（は）かかわりなく」也可以用「にかかわらず」代替。

例 句

❀晴雨にかかわりなく決行する。

無論晴雨都要舉行。

❀有能な人なら年齢にかかわりなく採用する。

只要是有能力的人，不管什麼年齡都會錄用。

❀家族の賛成、不賛成にかかわりなく私は行くつもりだ。

不管家人贊不贊成，我都要去。

文法篇

～に限って

只限

●track 059

接續

名＋に限って

比較

和「～に限る」「～に限り」相同。

例句

❀本日に限って、この商品を半額にさせていただきます。

限本日，此商品半價。

～に限って

唯有

●track 059

接續

名＋に限って

例句

❀その日に限って彼は定刻に来なかった。

他唯有在那天沒有準時到。

❀あの人に限ってそんなことをするはずがない。

唯有那個人絕對不可能做那種事。

～に限らず ● track 059

不只是…

接　續

名＋に限らず

例　句

❀子供に限らず大人でも健康管理は大切です。

不只是小孩，對大人來說健康管理也很重要。

～に限り ● track 059

只限

接　續

名＋に限り

例　句

❀今回に限り教えてあげよう。

就限這次，我教你吧。

❀正当な理由のある場合に限り考慮する。

有正當理由我才考慮。

～に限る ● track 060

只限

接　續

名＋に限る

比　較

和「〜に限り」「〜に限って」相同。

例　句

❀予算は 100 万円以内に限られている。

　預算限制在 100 萬日圓以內。

❀入場者は女性に限ります。

　入場者限女性。

〜に限る

●track 060

最好

接　續

　名＋に限る

　動－辞書形＋に限る

　動－ない形＋ない＋に限る

例　句

❀疲れを癒すには眠るに限る。

　要消除疲勞靠睡眠最有效。

〜にかけては

●track 060

在…方面

接　續

　名＋にかけては

比　較

　和「～にかけても」相同。後面是接讚譽的句子。

例　句

❀囲碁<ruby>囲碁<rt>いご</rt></ruby>にかけては彼<rt>かれ</rt>は一流<rt>いちりゅう</rt>だ。

　　在圍棋界他是第一流的。

～にかけても ●track 060
在…方面

接　續

　名＋にかけても

例　句

❀彼<rt>かれ</rt>は建築<rt>けんちく</rt>はもちろん医療関係<rt>いりょうかんけい</rt>やそのほかの分野<rt>ぶんや</rt>にかけてもかなり知識<rt>ちしき</rt>がある。

　　建築就不用說了，在醫療關係或其他領域他也都學識豐富。

～に決<rt>き</rt>まっている ●track 061
一定是…

接　續

　[動詞、い形]普通形＋に決<rt>き</rt>まっている
　名＋に決<rt>き</rt>まっている
　な形－○＋に決<rt>き</rt>まっている

例句

❀今は世の中が不景気だから何もしなければ業績が落ちるに決まっている。

因為現在不景氣，要是什麼都不做的話，業績一定會下滑。

❀古い車なのだから、安いに決まっている。

因為是舊車，所以一定很便宜的。

❀彼にサッカーで勝つなんて無理に決まっている。

足球要贏過他想也知道不可能。

❀そんな話はうそに決まっていますよ。

那種故事一定是謊話。

〜に比べ

和…比

●track 061

接續

名＋に比べ

比較

和「〜に比べて」相同。

例句

❀今年は去年に比べ、冬が寒い。

和去年比起來，今年的冬天比較冷。

～に比べて ●track 061

和…比

接續

　名＋に比べて

例句

❀夏休み中にめちゃくちゃ食べて飲んでしていて、いざ体重計に乗ったら2週間前に比べて3キロ体重が増えていました。

　暑假的時候瘋狂的大吃，一站上體重計發覺和2星期前相比重了3公斤。

～に加え ●track 062

加上…

接續

　名＋に加え

比較

　和「～に加えて」相同。

例句

❀大豆価格の高騰に加え、原油価格の高騰等により海上輸送運賃や包装資材価格が上昇している。

　除了大豆價格高漲外，原油價格居高不下等原因造成海運費用和包裝材料等的價格也一直上昇。

～に加えて ●track 062
加上…

接　續

　　名＋に加えて

例　句

❀我が国は経済不況に加えて、高齢化、少子化、人口
　の減少など数多くの解決困難な問題に直面してい
　る。

　我們國家在不景氣之外，還要面對難以解決的高齡化、少
　子化、人口減少等問題。

～にこたえ ●track 062
回應…；滿足…

接　續

　　名＋にこたえ

比　較

　　和「～にこたえた」「～にこたえて」「～にこたえる」
　　相同。

例　句

❀電話依頼にこたえ、医者がすぐ来た。
　回應電話裡的請求，醫生馬上就來了。

～にこたえた

回應…；滿足…

● track 062

接　續

名＋にこたえた

例　句

❀厳しい国際水準からの要求に充分にこたえた成果が出ている。

做出能夠充分符合嚴格國際標準的成果。

～にこたえて

回應…；滿足…

● track 062

接　續

名＋にこたえて

例　句

❀社員の要求にこたえて労働時間を短縮した。

回應員工的要求，縮短了工時。

～にこたえる

回應…；滿足…

● track 063

接　續

名＋にこたえる

例句

❀両親の期待にこたえられなかった。

無法回應父母的期待。

～に際し ●track 063
當…之際

接続

動－辞書形＋に際し

名＋に際し

比較

和「～に際して」「～に際しての」相同。

用法和「～にあたって」類似。

例句

❀受験に際し、いろいろ励ましを頂いた。

考試的時候，收到了很多鼓勵。

～に際して ●track 063
當…之際

接続

動－辞書形＋に際して

名＋に際して

例 句

❀受験に際しては、本人確認を行いますので、必ず
身分証明書を携帯してください。

考試的時候會確認是否為本人，請務必攜帶身分證明文件。

～に際しての ●track 063

當⋯之際

接 續

動－辞書形＋に際しての
名＋に際しての

例 句

❀ご契約に際してのご注意事項を紹介します。

說明簽署合約時的注意事項。

～に先立ち ●track 064

在⋯之前

接 續

名＋に先立ち

比 較

和「～に先立って」「～に先立つ」相同。

例句

❀ 引っ越しに先立ち、ネットオークションで冷蔵庫やテーブルを売却しようと考えています。

搬家之前，想要在網拍上把冰箱、桌子賣掉。

〜に先立って
在…之前

● track 064

接續

名＋に先立って

例句

❀ 結納とは結婚式に先立って行われる重要な儀式です。

訂婚是在結婚之前舉行的重要儀式。

〜に先立つ
在…之前

● track 064

接續

名＋に先立つ

例句

❀ 会社を始めるのに先立つものは金である。

成立公司之前需要的東西是錢。

～にしたがい

●track 064

隨著…

接續

動－辞書形＋にしたがい
名＋にしたがい

比較

和「～にしたがって」相同。

例句

❀試合が近づくにしたがい、緊張感が高まる。

隨著比賽接近，緊張感逐漸升高。

❀インターネットが普及するにしたがい、素晴らしいソフトが世の中に登場しつつあります。

隨著網路普及，許多很棒的軟體陸續問世。

～にしたがって

●track 065

隨著…

接續

動－辞書形＋にしたがって
名＋にしたがって

例句

❀高く登るにしたがって視界が開けた。

隨著越爬越高，視野也開闊了。

❀学年が進むにしたがって、教科の内容が難しくなる。

隨著學年增加，學科的內容也變難了。

～にしたら ●track 065
站在…的立場來看；對…來說

接　續

名＋にしたら

比　較

和「～にすれば」「～にしても」相同。

例　句

❀彼にしたら、先生の親切はかえって迷惑かもしれません。

對他來說，老師的好意反而是困擾。

～にしては ●track 065
雖然；以…來說，卻…

接　續

[動詞、い形]普通形＋にしては

な形－○＋にしては

名＋にしては

例　句

❀彼女は中国に10年いたにしては中国語が下手だ。

她雖然在中國住了10年，但中文還是很差。

❀彼は忙しいにしては、よく連絡してくれます。

他雖然很忙，但還是常和我聯絡。

❀彼女はアナウンサーにしては滑舌が悪い。

她雖然是主播但口齒不清。

〜にしても ●track 065
站在…的立場來看；對…來說

接 續

名＋にしても

比 較

和「〜にすれば」「〜にしたら」相同。

例 句

❀法律を守ることは、外国人にしても同じです。

要守法這件事，對外國人也一樣。

〜にしても ●track 066
無論…都；即使…也

接 續

[動詞、い形]普通形＋にしても

な形－(である)＋にしても

名－(である)＋にしても

比 較

和「〜にしろ」「〜に（も）せよ」相同。

例 句

❀たとえ賢いにしてもまだ子供だ。

就算再聰明也只是孩子。

❀彼女と結婚するにしても1年後だ。

就算要和她結婚也要一年後。

〜にしても ●track 066
無論…都

接 續

[動詞、い形]普通形＋にしても

な形－(である)＋にしても

名－(である)＋にしても

比 較

和「〜にしろ」「〜に（も）せよ」相同。

例 句

❀嫌いなものは、縦にしても横にしても、好きにならない。

討厭的東西，不管是橫的還是直的都不喜歡。

～にしろ ●track 066
不論…；即使…也

接　續

[動詞、い形]普通形＋にしろ
な形－(である)＋にしろ
名－(である)＋にしろ

例 句

❀どんな生徒にしろ、やる気を出させることが大切だと思う。

不管是什麼樣的學生，讓他們拿出幹勁都是很重要的。

❀いくら忙しいにしろ掃除しなさい。

不管多忙都請你要打掃。

～にしろ ●track 067
無論…都…

接　續

[動詞、い形]普通形＋にしろ
な形－(である)＋にしろ
名－(である)＋にしろ

例 句

❀若者にしろ老人にしろ平和な社会を求める気持ちは同じだ。

不管是年輕人還是老人，想追求社會和平的心情都是一樣的。

❀出かけるにしろ出かけないにしろ、顔ぐらいはちゃんと洗いなさい。

不管要不要出去，都應該要好好洗臉。

〜に（も）せよ　●track 067
不論…

接續

[動詞、い形]普通形＋に（も）せよ

な形－(である)＋に（も）せよ

名－(である)＋に（も）せよ

例句

❀だれが社長に選ばれるにせよ、前途は多難だ。

不管誰當上社長，前途都堪慮。

〜に（も）せよ　●track 067
無論…都…

接續

[動詞、い形]普通形＋に（も）せよ

な形－(である)＋に（も）せよ

名－(である)＋に（も）せよ

例句

❀好きにせよ嫌いにせよ、彼は優れたサッカー選手であることはみんなが認めている。

無論喜不喜歡，大家都承認他是優秀的足球選手。

～にすれば

站在…的立場來看；對…來說

● track 067

接　續

名＋にすれば

比　較

和「～にしたら」「～にしても」相同。

例　句

❀学生にすれば安定した職として大企業中心に応募したいだろうが、大企業は就職してからが厳しく離職率も高い。

學生的話，都想要應徵工作安定的大企業，但進了大企業後因為十分嚴格所以離職率也高。

～に沿い

按照…

● track 068

接　續

名＋に沿い

比　較

和「～に沿って」「～に沿う」「～に沿った」相同。

例　句

❀政府の方針に沿いエネルギーの節約を心掛けている。

根據政府的方針留心節約能源。

～に沿う ●track 068
按照…

接續

名＋に沿う

例句

❀お客様の期待に沿う成果が出来た。
達到客人期待的成果。

～に沿った ●track 068
按照…

接續

名＋に沿った

例句

❀適切に法律に沿った対応をする。
依照法律適當的應對。

～に沿って ●track 068
按照…

接續

名＋に沿って

㊁句

❀決まった方針に沿って具体的な制度設計が進められる。

根據既定方針的具體化制度設定正在進行。

～に相違ない ●track 069

一定是…；的確是…；是…沒錯

接　續

[動詞、い形]普通形＋に相違ない
な形－○＋に相違ない
名＋に相違ない

㊁句

❀会議の経過を記載し、その内容に相違ないことを確認し、ここに署名する。

記錄會議經過，確認其內容沒有錯誤後，在這裡簽名。

❀彼は病気に相違ない。

他一定是生病了。

❀こんな高カロリー食を摂取していてはメタボ度も高いに違いない。

吃這麼高熱量的食物，肥胖度一定也很高。

～に対し

● track 069

對於…；對…

接 續

名＋に対し

比 較

和「～に対して（は）」「～に対しても」「～に対する」
相同。

例 句

❀あの方の学識に対し十分敬意を抱いております。
　我對他的學識持有十分高的敬意。

～に対して（は）

● track 069

對於…；對…

接 續

名＋に対して（は）

例 句

❀隣国が我が国に対して宣戦を布告してきた。
　鄰國對我國宣戰。

❀それに対して全く無関心だった。
　對那件事完全沒興趣。

❀児童心理学に対して非常に興味をもっている。
　對兒童心理學很有興趣。

～に対しても

●track 069

對於…；對…

接　續

名＋に対しても

例　句

❀何に対してもやる気が出ない。

不管對什麼都提不起勁。

～に対する

●track 070

對於…；對…

接　續

名＋に対する

例　句

❀相手に対する思いやりこそが本当のマナーです。

能夠體貼對方才是真正的有禮貌。

～に違いない

●track 070

一定是…；必定是…

接　續

[動詞、い形]普通形＋に違いない

な形－○＋に違いない

名＋に違いない

比　較

和「～に相違ない」意思相同，但較為強硬、斷定。

例　句

❀彼はそれをしたに違いない。

　一定是他做的。

❀彼の家はこの辺に違いない。

　他家一定在這附近沒錯。

❀この匂いと甘さですから、絶対にカロリーは高いに違いない。

　從這個香味和甜度來看，熱量一定很高。

❀今の僕には、合格は無理に違いない。

　現在的話，一定不可能考上（合格）。

～について（は）
關於…　　　　　　　　　　　　　　● track 070

接　續

名＋について（は）

比　較

和「～につき」「～についても」「～についての」相同。

例　句

❀この件について質問はありませんか。

　關於這件事有問題嗎？

〜についての ● track 071
關於…

接 續

名＋についての

例 句

❀彼は動物についての講演をした。

他做了一場關於動物的演講。

〜についても ● track 071
關於…

接 續

名＋についても

例 句

❀税制改革についても意見を述べる。

也陳述關於稅制改革的意見。

〜につき ● track 071
關於…

接 續

名＋につき

例 句

❀その事故につき、ご説明いたします。

關於那件事故，由我做説明。

～につき
因為…；由於…

● track 071

接 續

名＋につき

比 較

較正式的用法。

例 句

❀雨天につき、ライブは延期いたします。

因為下雨，所以演唱會延期。

～につけ
每當

● track 071

接 續

動－辞書形＋につけ

比 較

和「～につけて（は）」「～につけても」相同。

例 句

❀なにかにつけ彼は文句を言う。

不管遇到什麼事他都抱怨。

～につけ ●track 072

不論…都…；也好…也好…

接續

動－辞書形＋につけ

い形－い＋につけ

名＋につけ

例 句

❀彼の窮状を聞くにつけ見るにつけ義憤を感じる。

不論看到還是聽說他的苦境都感到氣憤。

～につけて（は） ●track 072

每當

接續

動－辞書形＋につけて（は）

例 句

❀彼はなにかにつけて、文句をいう。

他不管遇到什麼事都會抱怨。

～につけても ●track 072

每當

接續

動－辞書形＋につけても

例 句

❀課長は何事につけても「徹底的に調べる」と言うことが多いような気がします。

我發覺課長不管遇到什麼事，常會說「要徹底調查」。

～につれ

● track 072

隨著…

接 續

動－辞書形＋につれ

名＋につれ

比 較

和「～につれて」相同。

例 句

❀パソコンが古くなるにつれ、動作処理が遅くなる。

隨著電腦變舊，處理指示就越來越慢。

❀植物は温暖化につれ、生息地を北あるいは高地へ移動しなければ生きていけません。

隨著地球暖化，植物不得不把棲息地往高處或北方移動，否則不能生存。

～につれて
隨著…

●track 073

接 續

動－辞書形＋につれて

名＋につれて

例 句

❀ 収入が増えるにつれて生活の満足度も向上する。

　隨著收入增加，對生活的滿意度也向上提升。

❀ 季節の変化につれて、着るものが変わる。

　隨著季節變化，改變穿著。

～にとって（は）
對…來說

●track 073

接 續

名＋にとって（は）

比 較

和「～にとっての」「～にとっても」相同。

例 句

❀ 偶然に出会ったたくさんの仲間は私にとって一生
の宝ものです。

　偶然遇上的許多夥伴，對我來說是一輩子的寶物。

〜にとっての ● track 073
對…來說的

接續

　名＋にとっての

例句

❀死は、人間にとっての最大のテーマです。

　死亡是對人類來說的最大課題。

〜にとっても ● track 073
不管是對…來說

接續

　名＋にとっても

例句

❀誰にとっても使える時間は有限である。

　不管對誰來說可以用的時間都有限。

〜に伴い ● track 073
伴隨著…

接續

　動－辞書形＋に伴い

　名＋に伴い

比　較

和「～に伴う」「～に伴って」相同。

例　句

❀インターネットの普及に伴い、匿名性を悪用した
書き込みが増えています。

隨著網路普及，濫用匿名制的留言也隨之增加。

❀健康と食生活の関係が重視されるに伴い、医療現場
での管理栄養士の役割がますます大きくなりまし
た。

隨著對健康和飲食生活關係的重視，醫療現場的營養師的
角色也變得重要。

～に伴い

●track 074

和…一起；同時發生

接　續

名＋に伴い

比　較

和「～に伴う」「～に伴って」相同。

例　句

❀地震に伴い、津波が発生することが多い。

隨著地震一起發生海嘯的情形很多。

〜に伴う

●track 074

伴隨著…

接續

動−辞書形＋に伴う
名＋に伴う

例句

❀近年、科学技術の発展に伴う新たな社会的課題が明らかになってきている。

近年來，隨著科技進步，而產生了新的社會問題。

〜に伴う

●track 074

和…一起；同時發生

接續

名＋に伴う

例句

❀権利には、それに伴う責任がある。

權利必有伴隨其同時發生的責任。

〜に伴って

●track 074

伴隨著…

接續

動−辞書形＋に伴って
名＋に伴って

㊟ 句

❀ 改正臓器移植法が施行されるに伴って、脳死判定患者
の家族の同意による臓器提供ができるようになり
ました。

隨著器官捐贈修正法的實施，在腦死病患的家屬同意下進
行的器官提供也變得可行。

❀ 円高に伴って日本国内の輸出産業は損害を被りま
す。

隨著日圓升值，日本國內的出口產業也受到很大的損害。

～に伴って
和…一起；同時發生
● track 075

接 續

名＋に伴って

㊟ 句

❀ 日本の代表的な温泉の多くは、火山に伴って湧出
しています。

許多日本代表性的溫泉，都是伴隨著火山同時湧出的。

～に反し
和…相反
● track 075

接 續

名＋に反し

比　較

　和「～に反して」「～に反する」「～に反した」相同。

例　句

❀日本のメディアの予想に反し、Aチームが勝利した。

　和日本媒體預測的相反，A隊獲得勝利。

～に反した
和…相反

●track 075

接　續

　名+に反した

例　句

❀外部からの刺激への反応を制御する神経のネットワークが過剰に働くと、意志に反した言動が繰り返し起こります。

　控制反應外部刺激的神經系統過度作用，就會反覆出現和意志相反的言行。

～に反して
和…相反

●track 075

接　續

　名+に反して

㊋㊒

❀この商品は期待に反して売れなかった。

　這商品和期待相反，並不暢銷。

～に反する　　　　　　　　　●track 076
和…相反

㊎㊒

　名＋に反する

㊋㊒

❀試合が期待に反する結果となった。

　比賽的結果和預期相反。

～にほかならない　　　　　●track 076
正是…；只是…

㊎㊒

　[動詞、い形]普通形＋にほかならない

　な形－(である)＋にほかならない

　名－(である)＋にほかならない

㊋㊒

❀この企画が失敗したのは、ニーズ調査が不十分
だったにほかならない。

　這個企畫會失敗，完全是因為需求調查做得不充分。

❀新商品を開発できたのは、田中さんの努力があったからにほかならない。

新商品能開發成功，完全是靠田中先生的努力。

❀彼の成功は努力の結果にほかならない。

他會成功完全是努力的成果。

〜にもかかわらず

●track 076

儘管…仍…；儘管…但是…

接　續

[動詞、い形]普通形＋にもかかわらず

な形－（である）＋にもかかわらず

名－（である）＋にもかかわらず

例　句

❀彼は病気にもかかわらず会議に出席した。

他不顧自己生病仍出席會議。

❀仕事はひどく辛かったがそれにもかかわらず彼はくじけなかった

工作十分辛苦，儘管如此他仍不灰心。

❀社長に命令されたにもかかわらず彼は行かなかった。

儘管社長命令他，他還是沒有去。

～に基づいた ●track 077

基於…；根據…

接続

名＋に基づいた

比較

和「～に基づいて」「～に基づき」「～に基づく」相同。

例句

❀栄養学に基づいたダイエット食のレシピで生活習慣を改善する。

以根據營養學制定的減肥食譜來改善生活習慣。

～に基づいて ●track 077

基於…；根據…

接続

名＋に基づいて

例句

❀給料は資格に基づいて支払われる。

薪水是依據資格（證照）條件支付。

〜に基づき ●track 077
基於…；根據…

接續

名＋に基づき

例句

❀実際にあった事件に基づき、このドラマが作られた。

根據實際發生的事件，製作了這部連續劇。

〜に基づく ●track 077
基於…；根據…

接續

名＋に基づく

例句

❀彼の失敗は小心に基づくものと我々は考える。

我們覺得他會失敗是因為太膽小了。

〜によって ●track 078
由於…；根據…；利用…；按照…

接續

名＋によって

比　較

和「〜により」「〜による」「〜によっては」相同。

例　句

❀重さによって値段が違う。

根據重量，價格也不同。

❀飲酒運転は法律によって禁じられている。

根據法律禁止酒駕。

❀彼の不注意によって、大事故が起こってしまった。

因為他的不小心，而引發了大意外。

❀多数決によって事を決する。

以多數表決來決定事情。。

❀この詩はミルトンによって書かれたものだ。

這首詩是米爾頓寫的。

〜によっては
●track 078

由於…；根據…；利用…；按照…

接　續

名＋によっては

例　句

❀宗教によっては、怪我で輸血しないと死んでしま
うときも『輸血を認めない』ものもあるらしい。

依宗教不同，也有在受傷不輸血會有生命危險時仍「不允
許輸血」的宗教。

～により
由於…；根據…；利用…；按照…

●track 078

接　續

　名＋により

例　句

❀彼は規則により免職になった。

　　他根據規定被免職了。

❀その番組は視聴者の要望により再放送された。

　　那個節目因應觀眾的要求而重播。

❀天候不良により飛行機は飛べなかった。

　　因為天氣不佳所以飛機停飛。

❀彼女の助力により成功した。

　　因為她的幫忙而成功。

❀情報はすべてコンピュータにより処理される。

　　所有的資訊都經由電腦處理。

～による
由於…；根據…；利用…；按照…

●track 079

接　續

　名＋による

例　句

❀それは場合による。

　　那要依情況決定。

❀実験結果による結論。

依實驗結果做的結論。

❀その事故は彼の不注意運転によるものだった。

那件意外是因為他開車不小心造成的。

❀がんによる死亡率が増加している。

因癌症造成的死亡率持續上升。

❀この絵は18世紀のフランスの画家によるものとされている。

這幅畫被認為是18世紀法國畫家的作品。

〜によると
據…說；根據…
●track 079

接續

名+によると

比較

和「〜によれば」相同。

例句

❀聞くところによると彼は辞職するとのことだ。

根據我聽到的，他要辭職了。

〜によれば
據…說；根據…
●track 079

接續

名+によれば

例 句

❀天気予報によれば、明日は晴れるらしい。

根據天氣預報，明天好像是晴天。

～にわたった ●track 079
整個…；橫跨…(空間或時間)；經過…

接　續

名+にわたった

比　較

和「～にわたって」「～にわたり」「～にわたる」相同。

例 句

❀彼の説明は細部にわたった。

他的說明包含到細節。

～にわたって ●track 080
整個…；橫跨…(空間或時間)；經過…

接　續

名+にわたって

例 句

❀天気図を見ると、明日はかなり広い範囲にわたって雨が降るようだ。

從天氣圖看來，明天有相當大的範圍都會降雨。

～にわたり ●track 080
整個…；横跨…(空間或時間)；經過…

接　續

名＋にわたり

例　句

❀このデパートは２カ月間にわたり「閉店セール」
を実施した。

這間百貨曾進行為期兩個月的「休館特賣」。

～にわたる ●track 080
整個…；横跨…(空間或時間)；經過…

接　續

名＋にわたる

例　句

❀この研究論文は著者の東西文化にわたる学識を示
す。

這篇研究論文展現出作者横跨東西文化的學問。

～ぬきで（は） ●track 080
少了…；去除…；免除…

接　續

名＋ぬきで（は）

比較

和「～ぬく」「～ぬきに（は）」「～ぬきの」「～をぬきにして」「～はぬきにして」相同。

例句

❀今日は朝食ぬきで出かけた。

今天沒吃早餐就出門了。

❀努力ぬきでは、成功はありえない。

沒有努力，就不可能成功。

～ぬきに（は）　　●track 081
少了…；去除…；免除…

接續

名＋ぬきに（は）

例句

❀この店の焼きそばは、お世辞ぬきにおいしいです。

那家店的炒麵，就算不說客套話也是真的好吃。

❀インド料理を語るには、スパイスをぬきには始められない。

要談印度料理，就不能少了香料。

～ぬきの ● track 081

少了…；去除…；免除…

接　續

名＋ぬきの

例　句

❀わさびぬきの寿司を注文します。

點不加芥末的壽司。

～ぬく ● track 081

少了…；去除…；免除…

接　續

名＋ぬく

例　句

❀朝食をぬくのは良くありません。

不吃早餐不太好。

～のみならず ● track 081

不僅…；不但…

接　續

[動詞、い形]普通形＋のみならず

な形－（である）＋のみならず

名－（である）＋のみならず

㊑㊒

❀彼は怒りっぽいのみならず疑い深い。

他不但易怒，疑心病還很重。

❀あの女優は男性のみならず女性にも人気がある。

不但是男性，連女性都很喜歡那位女演員。

❀社長は美人であるのみならず才能もある。

社長不但是美女還很有才華。

～のもとで
在…之下
● track 082

㊐㊏

名＋のもとで

㊎㊍

和「～のもとに」相同。

㊑㊒

❀管理栄養士さんの指導のもとで食生活を見直しました。

在營養師的指導下重新檢視飲食生活。

～のもとに
在…之下

●track 082

名＋のもとに

例 句

❀法律のもとに市民の生活は保障されています。

在法律的基礎上，市民的生活受到保障。

は行

～ばかりか ●track 082
不只…而且

接　續

[動詞、い形、な形] 名詞修飾型＋ばかりか
名＋ばかりか

比　較

和「～ばかりでなく」相同。

例　句

❀彼は英語ばかりかドイツ語もスペイン語も話せる。

不只是英文，他還會說德文和西班牙文。

❀シートベルトを着用していないと、エアバッグの
効果が少ないばかりか、逆に大きなけがをするお
それがあります。

不繫安全帶的話，不只是降低安全氣囊的效果，說不定還
會造成重傷。

❀のどが痛くて、ごはんが食べられないばかりか、
水さえも飲めない。

喉嚨很痛，別說是吃飯了，連水都喝不下去。

❀バスで行くのは便利なばかりか、値段も安い。

坐公車去，別說是方便了，花費還很便宜。

～ばかりでなく　　　　　　　　　●track 083
不只…而且

接　續

　　[動詞、い形、な形]名詞修飾型＋ばかりでなく
　　名＋ばかりでなく

例 句

❀今日は頭が痛いばかりでなく、熱もあるんです。
　　今天不只頭痛，還發燒。

❀彼は親切なばかりでなく正直である。
　　他不只親切，還很誠實。

❀彼は野球ばかりでなく、サッカーも水泳も上手なんです。
　　他不只會打棒球，足球和游泳也很厲害。

～ばかりに　　　　　　　　　　　●track 083
只不過因為…

接　續

　　[動詞、い形]名詞修飾型＋ばかりに
　　名－である＋ばかりに
　　な形－な/ な形－である＋ばかりに

例 句

❀安全確認を怠ったばかりに、死亡事故を引き起こ
してしまった。

　只不過是疏忽了安全確認，就造成了死亡意外。

❀数学が苦手なばかりに、行きたい大学に行けない。

　只不過是數學不拿手，就進不了想念的大學。

❀外国人であるばかりにその会社に入れない。

　只不過因為是外國人，就進不了那間公司。

～はともかく（として）　　　●track 083
姑且不論…；先別說…

接　續

　名＋はともかく（として）

例 句

❀あの俳優は、顔はともかくとして演技がすばらし
い。

　那個演員，先別說長相，演技十分精湛。

～はぬきにして ●track 084

少了…；去除…；免除…

接　續

名＋はぬきにして

比　較

和「～ぬく」「～ぬきに（は）」「～ぬきの」「～ぬきで（は）」「～をぬきにして（は）」相同。

例　句

✿冗談<ruby>冗談<rt>じょうだん</rt></ruby>はぬきにして、もっとまじめに考<ruby>考<rt>かんが</rt></ruby>えてくださいよ。

別開玩笑了，請認真一點思考。

～ば～ほど ●track 084

越…越…

接　續

動－ば＋動－辞書形＋ほど

い形－ければ＋い形－い＋ほど

な形－なら/であれば＋な形－な/でえある＋ほど

名－なら＋/であれば＋名－である＋ほど

例　句

✿<ruby>失敗<rt>しっぱい</rt></ruby>すればするほど、<ruby>成功<rt>せいこう</rt></ruby>に<ruby>近<rt>ちか</rt></ruby>づいている。

越是失敗，離成功越近。

❀問題解決は、早ければ早いほど、片付けやすい。

解決問題，動作越快越容易。

❀お年寄りが使う携帯電話は簡単なら簡単なほどい
いです。

老人家所用的手機，越簡單越好。

❀静かであればあるほど、集中できる。

越是安靜，越容易集中精神。

❀高学歴であればあるほど採用されやすい。

學歷越高，越容易被錄用。

～ほど
越…越…
● track 085

接　續

　動－辞書形＋ほど
　い形－い＋ほど
　な形－な＋ほど
　名＋ほど

比　較

　是「～ば～ほど」的省略用法。

例 句

❀優秀な人ほど自慢しない。

越是優秀的人越不驕傲。

～はもちろん ●track 085
不用說…；當然

接　續

名＋はもちろん

比　較

和「～はもとより」相同。

例　句

✽彼女は英語はもちろん中国語も話す。

英文就不用說了，她也會說中文。

～はもとより ●track 085
不用說…；當然

接　續

名＋はもとより

例　句

✽彼はもとより、先生もわたしの意見に賛成している。

他就不用說了，連老師都贊成我的意見。

～べき

● track 085

應該要…；必須要…

接　續

動－辞書形＋べき

（「するべき」可以寫成「すべき」）

比　較

和「～べき」相同。

例　句

❀やるべきことはやってきた。

該做的事都做了。

～べきだ

● track 085

應該要…；必須要…

接　續

動－辞書形＋べきだ

（「するべきだ」可以寫成「すべきだ」）

例　句

❀もう行くべきだ。

該走了。

❀もっと早く出かけるべきだった。

該早點出門的。

〜べきではない
不該…

●track 086

接　續

動－辞書形＋べきではない
（「するべきではない」可以寫成「すべきではない」）

比　較

是「べきだ」的否定。

例　句

❀こんな時に笑うべきではない。

　　這個情況不應該笑。

〜ほかしかたがない
只好…

●track 086

接　續

動－辞書形＋ほかしかたがない

比　較

和「〜（より）ほか（は）ない」相同。

例　句

❀健康のためには、お酒をやめるほかしかたがない
だろう。

　　為了健康，也只好戒酒了。

～（より）ほか（は）ない　●track 086
只好…

接　續

動－辞書形＋（より）ほか（は）ない

例　句

❀現状を打破するには挑戦するよりほかはない。

要打破現況，沒有比去挑戰更好的了。/要打破現狀，只有
挑戰一途。

～ほど　●track 087
表示程度

接　續

動－辞書形＋ほど

動－ない形＋ない＋ほど

い形－い＋ほど

な形－な＋ほど

名＋ほど

比　較

和「～ほどの」「～ほどだ」相同。

例　句

❀床はまぶしいほどに磨かれていた。

地板被擦得幾乎可說是耀眼。

❀やりたいことが山ほどある。

想做的事積得像山一樣高。

〜ほど ●track 087
沒有比…還好

接　續

　　動－辞書形＋ほど…はない
　　名＋ほど…はない

比　較

　　和「くらい」類似。

例　句

❀我が家ほどいいところはない。

　　沒有比(像)自己家還好的地方了。

❀彼ほど良心的な人はいない。

　　沒有人像他這麼有良心。

〜ほどだ ●track 087
表示程度

接　續

　　動－辞書形＋ほどだ
　　動－ない形＋ない＋ほどだ
　　い形－い＋ほどだ
　　な形－な＋ほどだ
　　名＋ほどだ

例 句

❀忙しくて猫の手も借りたいほどだ。

忙到想向貓借手。(俚語，表示忙得不得了。)

～ほどの
表示程度

●track 087

接 續

動－辞書形＋ほどの

動－ない形＋ない＋ほどの

い形－い＋ほどの

な形－な＋ほどの

名＋ほどの

例 句

❀小説と呼ぶほどのものではない。

稱不上是小說。

❀この１年間台風というほどの台風はなかった。

這1年裡沒有稱得上是颱風的颱風。

ま行

～まい ● track 088

不會；絕不

接　續

　動－辞書形＋まい

　（「するまい」可寫成「すまい」；第二、三類動詞可以用な

　い形接まい）

例　句

❀事態が悪化することはあるまい。

　事態不會惡化。

～まい ● track 088

絕對不做…

接　續

　動－辞書形＋まい

　（「するまい」可寫成「すまい」；第二、三類動詞可以用な

　い形接まい）

例　句

❀二度と行くまい。

　決不會再去。

～まいか

● track 088

不會…吧

接　續

動－辞書形＋まいか

(「するまいか」可寫成「すまいか」;第二、三類動詞可以
用ない形接まいか)

例　句

❀水不足が続くと、今年も米の生産に影響が出るので
はあるまいかと心配だ。

擔心再持續缺水,今年的稻米會不會又受影響。

～向きだ

● track 088

適合…

接　續

名＋向きだ

比　較

和「～向きに」「～向きの」相同。

例　句

❀やさしい中国語で書いてあるので、この本は初心者向
きだ。

這本書因為是用簡單的中文寫成的,所以適合初學者。

〜向きに ●track 089

適合…

接　續

名＋向きに

例　句

❀ 髪を夏向きにさっぱりと短めに整えた。

把頭髮剪成適合夏天的短髮。

〜向きの ●track 089

適合…

接　續

名＋向きの

例　句

❀ お年寄り向きの食事。

適合老人家的飲食。

〜向けだ ●track 089

以…為對象

接　續

名＋向けだ

比較

　和「～向けに」「～向けの」相同。

例句

❀この映画は子供向けだ。

　這部電影是以孩子為對象的。

～向けに ●track 089
以…為對象

接續

　名＋向けに

例句

❀レンタル業者はスマートフォン向けに電子ブックストアサービスの提供を開始した。

　出租業者針對智慧型手機，開始提供電子書店服務。

～向けの ●track 089
以…為對象

接續

　名＋向けの

例句

❀これは少年向けの漫画だ。

　這是以少年為對象的漫畫。

～もかまわず

●track 090

不在乎…

接　續

名＋もかまわず

例　句

❀電車の中で人目もかまわず泣いてしまいました。

在電車裡不在乎別人的眼光哭了。

～も～なら～も

●track 090

既…又…

接　續

名＋も＋な形－なら＋名＋も

比　較

和「～も～ば～も」相同；「～も～なら～も」是用於な形容詞。

例　句

❀彼はスポーツも上手なら頭もいい、クラスの人気者だ。

他不僅很會運動頭腦又好，是班上的風雲人物。

～も～ば～も ●track 090
既…又…

接　續

名＋も＋動－ば＋名＋も

名＋も＋い形－ければ＋名＋も

例　句

❀この店のものは値段も安ければ質もいいと評判です。

這家店的商品不但價格便宜品質又好，很受好評。

～もの ●track 090
因為…

接　續

[動詞、名詞、い形、な形]普通形＋もの

(有時也會接於「です」「ます」後面)

比　較

屬於口語用法；也可說「もん」。

例　句

❀早く寝なさい。もう遅いもの。

快點睡，因為已經很晚了。

～もの（です）か ●track 091
決對不…

接　續

[動詞、い形、な形]名詞修飾型＋もの（です）か
名－な＋もの（です）か

比　較

口語可說「もんか」「もんですか」。

例　句

❀あんな店、二度と行くものか。

　那種店，誰會想去第二次啊！

～ものがある ●track 091
感覺到…；的確是…

接　續

[動詞、い形、な形]名詞修飾型現在式＋ものがある

例　句

❀彼女の話にはどこか納得できないものがある。

　她的話裡有些讓人覺得無法接受的部分。

～ものだから

●track 091

因為…；由於…

接續

[動詞、い形、な形]名詞修飾型＋ものだから
名－な＋ものだから

例句

❀彼が言わなかったものだから知らなかった。

因為他沒說所以我不知道。

～ものなら

●track 091

要是…

接續

動－辞書形＋ものなら

例句

❀逃げられるものなら逃げてみろ。

你敢逃的話就逃看看。

～ものの

●track 092

雖然說…但…；雖然…

接續

[動詞、い形、な形]名詞修飾型＋ものの

比 較

名詞時要用「名＋とはいうものの」的形式。

例 句

❀一眼レフカメラを買ったものの、使い方が分からなくて困っています。

雖然買了單眼相機，但不會用所以覺得很困擾。

❀習いはしたものの、すっかり忘れてしまった。

雖然學過了，但忘得一乾二淨。

や行

～やら～やら

又…又…；…和…等等

● track 092

接続

動－辞書形＋やら＋動－辞書形＋やら

い形－い＋やら＋い形－い＋やら

名＋やら＋名＋やら

例句

❀ももやらいちごやら、果物をたくさん買った。

買了很多水果，像是桃子或草莓之類的。

～ようがない

沒辦法…

● track 092

接続

動－ます形＋ようがない

比較

和「～ようもない」相同。

例句

❀この事件は避けようがない。

這個意外無法避免。

～ようもない ●track 093

沒辦法…

接　續

動－ます形＋ようもない

例　句

❀この車は国産車の同等クラスとは比べようもない
運転の快適性と装備を兼ね備えていると思います。

這台車具備了其他同等級國產車比不上的駕駛舒適性和裝
備。

～ようではないか ●track 093

一起來…吧

接　續

動－意向形＋ではないか

比　較

也可以用「～ようじゃないか」。

例　句

❀互いに批判しあうのはやめようではないか。

停止互相批評吧。

わ行

〜わけがない
不可能…

●track 093

接　續

[動詞、名詞、い形、な形]名詞修飾型＋わけがない

比　較

和「〜わけはない」相同。

例　句

❀血液型診断なんて当たるわけがない。

血型占卜什麼的根本不可能會準。

〜わけはない
不可能…

●track 093

接　續

[動詞、名詞、い形、な形]名詞修飾型＋わけはない

例　句

❀マイナス10度近いので、湖が凍らないわけはない。

因為接近零下10度，湖面不可能不結冰。

〜わけだ ● track 094

怪不得；自然就…

接　續

[動詞、い形、な形] 名詞修飾型＋わけだ

例　句

❀ もう 12 月、どうりで寒いわけだ。

已經 12 月了，難怪這麼冷。

❀ 10 ％の割引というと、10 万円の商品は 9 万円になるわけですね。

九折就是說 10 萬日圓的商品變成 9 萬元。

〜わけではない ● track 094

並非…

接　續

[動詞、い形、な形] 名詞修飾型＋わけではない

比　較

和「〜わけでもない」相同。

例　句

❀ 旅行が嫌いなわけではないが、忙しくて行けない。

並不是討厭旅行，只是忙得沒時間去。

〜わけでもない
並非…

● track 094

接續

[動詞、い形、な形] 名詞修飾型＋わけでもない

例句

❀別に勉強をする事が嫌いなわけでもない。ただ机に向かって本を開いても進められない。

並不是討厭念書，只是坐在書桌前打開課本卻看不下去。

〜わけにはいかない
不能…

● track 095

接續

動−辞書形＋わけにはいかない

動−ない形＋ない＋わけにはいかない

比較

和「〜わけにもいかない」相同。

例句

❀勉強しなければならないので、毎日遊ぶわけにはいかない。

因為一定要念書，所以不能每天玩。

❀今日は母の誕生日なので、早く家に帰らないわけにはいかない。

因為今天是媽媽的生日，所以不能不早點回家。

～わけにもいかない

● track 095

不能…

接　續

動－辞書形＋わけにもいかない

動－ない形＋ない＋わけにもいかない

例　句

❀アメリカの方が土地も家も安いが、そうかと言って、簡単に移住するわけにもいかない。

美國的土地和住宅都比較便宜，即使如此，也不是輕易就能移民過去。

❀明日が締め切りだったから原稿を書かないわけにもいかない。

明天就是截稿日了，不快寫稿子不行。

～わりに（は）

● track 095

…卻…；出乎意料

接　續

[動詞、名詞、い形、な形]名詞修飾型＋わりに（は）

比　較

和「～にしては」類似。

例　句

❀彼女は大食いのわりに太らない。

她食量大卻不會胖。

❀彼は努力しないわりに成果を求める。

他不努力卻想要有成果。

❀あのアイドルはメディア露出が多いわりに人気が
いまいちだ。

那個偶像常出現在媒體上卻不太紅。

❀あの店は有名なわりにまずい。

那間店很有名卻很難吃。

～をきっかけとして　　●track 095
以⋯為起因；以⋯為開始

接　續

名＋をきっかけとして

比　較

和「～をきっかけに（して）」相同。

例　句

❀あのIT社長の逮捕をきっかけとして、新興市場は
崩れ始めます。

以那位科技業社長被逮補為開端，新興市場開始瓦解。

～をきっかけに（して）　　●track 096
以⋯為起因；以⋯為開始

接　續

名＋をきっかけに（して）

例 句

❀今回の仕事をきっかけにして、デザインに関する知識を深めたい。

以這次的工作為機會，希望能增加設計相關的知識。

～をこめて ●track 096
充滿…；包含…；懷有…

接 續

名＋をこめて

例 句

❀彼女は心を込めて夫の回復を祈った。

她誠心祈禱丈夫能康復。

～を中心として ●track 096
以…為中心

接 續

名＋を中心として

比 較

和「～を中心に（して）」相同。

例 句

❀この言語学校は英語を中心として様々な教育活動をしている。

這間語言學校是以英文為中心進行各種教育活動。

〜を中心に（して）

●track 096

以…為中心

接　續

名＋を中心に（して）

例　句

❀都庁を中心にたくさんの会社が集まっている。

以市政府為中心有許多的公司聚集。

❀今年度は、日本を中心にして欧米及びアジア諸国の企業の新たな競争戦略に焦点を当てて研究を進めていく。

本年度是以日本為中心，注目歐美及亞洲各國的企業新競爭策略並研究。

〜を通じて

●track 097

經由…；一直都…；從頭到尾都…

接　續

名＋を通じて

比　較

和「〜を通して」相同。

例　句

❀そのことは一生を通じて忘れられない。

那件事我一生都不會忘。

❀友だちを通じて彼女に伝言を送った。

透過朋友傳話給她。

～を通して

經由…；一直都…；從頭到尾都…

● track 097

接 續

名＋を通して

例 句

❀一年を通して涼しい日が続いた。

一整年都是涼爽的日子。

❀ネットを通してドイツ人と知り合いました。

透過網路和德國人認識。

～を～とした

把…當作…；以…為…

● track 097

接 續

名＋を＋名＋とした

比 較

和「～を～として」「～を～とする」相同。

例 句

❀この制度は現在アメリカで行われているものを手本としたものだ。

這個制度是以現在美國正在實行的制度當作範本而制定的。

～を～として ● track 097

把…當作…；以…為…

接　續

名＋を＋名＋として

例　句

❀ 図書館の職員を講師として研修会を開いた。

請圖書館的員工當講師舉辦研習。

～を～とする ● track 098

把…當作…；以…為…

接　續

名＋を＋名＋とする

例　句

❀ 教育研修部門は人材育成を目的とする部門です。

教育研修部門是以人材養成為目的成立的部門。

～を問わず ● track 098

不管…；不論…

接　續

名＋を問わず

比　較

也有「〜は問(と)わず」的用法。

例　句

❀乗馬(じょうば)は子供(こども)から年配(ねんぱい)の方(かた)まで年齢(ねんれい)を問(と)わず、誰(だれ)でもできるスポーツです。

騎馬是一種從小孩到老人不管什麼年齡的人都能從事的運動。

〜をぬきにして（は）　　●track 098
少了…；去除…；免除…

接　續

名＋をぬきにして（は）

比　較

和「〜ぬく」「〜ぬきに（は）」「〜ぬきの」「〜ぬきで（は）」「〜はぬきにして」相同。

例　句

❀彼女(かのじょ)をぬきにしては、試合(しあい)に勝(か)てない。

少了她就贏不了比賽。

〜をはじめ　　●track 098
以…為首；以及…

接　續

名＋をはじめ

比　較

　　和「～をはじめとする」相同。

例　句

❀パイロットを始め乗組員全員が死亡した。
　　以機長為首所有的機組員都死亡了。

～をはじめとする　　　　　●track 099
以…為首；以及…

接　續

　　名＋をはじめとする

例　句

❀ギリシャをはじめとする欧州の財政悪化問題が拡大
　　している。
　　以希臘為首，歐洲的財政惡化問題正在擴大。

～をめぐって　　　　　●track 099
圍繞著…；環繞著…

接　續

　　名＋をめぐって

比　較

　　和「～をめぐる」相同。

㊋㊌

❀遺産をめぐって争う。

　圍繞遺産展開爭奪。

> ## ～をめぐる ●track 099
> 圍繞著…；環繞著…

接　續

　名＋をめぐる

㊋㊌

❀ツイッター上で政権をめぐるうわさが飛び交った。

　在推特上充斥著關於政權的傳言。

> ## ～をもとに ●track 099
> 以…為依據；以…為基準

接　續

　名＋をもとに

比　較

　和「～をもとにして」相同。

㊋㊌

❀大学の同窓会名簿から流出した情報をもとに営業電話が勤務先にかかってきた。

　以大學同學名冊流出的資訊為基礎，有推銷電話打到我工作的地方。

～をもとにして

以…為依據；以…為基準

●track 099

接續

名＋をもとにして

例句

❀このドラマは事実をもとにして書かれたものです。

這齣連續劇是以事實為基礎而寫成的。

❀自分の経験をもとにして話をする。

根據自己的經驗來談話。

單字篇

あ行

あいまい
曖昧　　　　　　　　　　　　● track 100
義含糊不清　　⇨ 名詞 、 な形

例 句

❀彼はいつも曖昧なことしか言わない。
　他總是說些含糊不清的話。

あきら
諦める　　　　　　　　　　　　● track 100
義放棄　　⇨ 動詞

例 句

❀アメリカ行きを諦めた。
　放棄美國行。

あ
飽きる　　　　　　　　　　　　● track 100
義生厭、膩　　⇨ 動詞

例 句

❀勉強はもう飽きた。
　對念書已經生厭了。

あき
呆れる　　　　　　　　　　　　● track 100
義驚訝、愕然　　⇨ 動詞

例 句

❀その大きさにはただ呆れた。

　被它的巨大嚇到了。

あくび ●track 100

義 呵欠　⇨ 名詞

例 句

❀彼の講義にはあくびが止まらなかった。

　他的課讓人忍不住一直打呵欠。

味わう ●track 100

義 品味、體驗、鑑賞　⇨ 動詞

例 句

❀その酒を一口味わった。

　嚐一口那瓶酒。

預かる ●track 101

義 代人保管、管理、擔任　⇨ 動詞

例 句

❀このスーツケースを預かってください。

　請你保管這個旅行箱。

預ける _{あず}

●track 101

表 寄存、託、委託　⇨動詞

例 句

❀お金を全部母に預けた。

　錢全部交給母親保管。

焦る _{あせ}

●track 101

表 著急　⇨動詞

例 句

❀焦るな、時間はたっぷりある。

　別急，還有很多時間。

辺り _{あた}

●track 101

表 附近、周圍、大約　⇨名詞

例 句

❀彼女たちは辺り構わず大きな声で話している。

　她們不管四周而大聲交談。

❀次の日曜辺りに桜が咲くだろう。

　下星期天左右櫻花就會開了吧。

厚かましい _{あつ}

●track 101

表 厚臉皮　⇨い形

例 句

❀厚かましいやつだ。

　真是厚臉皮的傢伙。

❀厚かましいお願いですが。

　我有個不情之請。

新た
●track 102

義 新的　⇨ な形

例 句

❀政局は新たな局面を迎えた。

　政局迎向新局面。

改める
●track 102

義 修改、改變、革新、修正　⇨ 動詞

例 句

❀2月の末までに規則を改めることになっている。

　規定在2月底時會做修改。

❀日を改めて来ます。

　改天再來。

あらゆる
●track 102

義 所有、一切　⇨ 連體詞

(例)(句)

❀あらゆる角度から検討する。

　從各種角度進行討論。

あるいは　　　　　　　　　　　● track 102

(義)或是　　⇨ 接続詞 、 副詞

(例)(句)

❀中国語かあるいはイタリア語かどちらかが必修です。

　中文或是義大利文，一定要修其中一個。

慌ただしい　　　　　　　　　　● track 102

(義)慌張、匆忙　　⇨ い形

(例)(句)

❀社員たちがビルから慌ただしく出入りしている。

　社員們匆忙地進出大樓。

安易　　　　　　　　　　　　　● track 102

(義)容易、安逸、漫不經心　　⇨ 名詞 、 な形

(例)(句)

❀そんな安易な考え方ではだめだ。

　把事情看得太簡單的想法是不行的。

あんがい
案外
● track 103

義 意想不到、出乎意料　⇨ 名詞、な形

例 句

✿試験は案外難しかった。

　考試出乎意料的難。

あんき
暗記
● track 103

義 記住、背誦　⇨ 名詞

例 句

✿彼は暗記力が強い。

　他很擅於背誦。

あんしん
安心
● track 103

義 放心、安心　⇨ 名詞、な形

例 句

✿ここまで逃げてくればもう安心だ。

　逃到這裡應該可以放心了。

あんまり
● track 103

義 太過分　⇨ 副詞、な形

例 句

✿彼の要求はあんまりだ。

　他的要求太過分了。

いきお
勢い ●track 103

表 氣勢、威力、氣焰、趨勢 ⇨ 名詞

例 句

❀あらしの勢いは全然衰えない。
　　暴風雨的威力完全沒減弱。

❀その勢いなら３時までには終わるだろう。
　　照這個氣勢應該３點以前就能結束了。

いさ
勇ましい ●track 103

表 勇敢 ⇨ い形

例 句

❀強敵に勇ましく立ち向かう。
　　勇敢站起來面對強敵。

いったん
一旦 ●track 104

表 一旦、暫時 ⇨ 副詞

例 句

❀彼は一旦こうと決めたら一歩も後へ引かない。
　　他一旦這麼決定後就不會讓步。

❀一旦ここで休憩してまた続けよう。
　　先暫時在這裡休息一下再繼續。

いっち
一致　　　　　　　　　　● track 104

義 一致　⇨ 名詞

例 句

❀私たちの見解は完全に一致している。

我們的看法完全相同。

いつのまに　　　　　　　　● track 104

義 不知不覺　⇨ 連語

例 句

❀夏休みもいつのまにか過ぎてしまった。

暑假也不知不覺結束了。

いっぱい
一杯　　　　　　　　　　● track 104

義 一杯、充滿　⇨ 名詞 、 副詞

例 句

❀お茶をもう一杯いかがですか。

要不要來杯茶？

❀もう腹が一杯だ。

已經很飽了。

いてん
移転　　　　　　　　　　● track 104

義 搬家、移轉　⇨ 名詞

例 句

❀会社は移転の準備で忙しい。

　公司為了準備搬家而忙碌。

いの
祈る　　　　　　　　　　● track 105

義 祈求、希望　　⇨ 動詞

例 句

❀彼の病気がよくなるように神に祈った。

　向神祈求他的病能好轉。

いま
今に　　　　　　　　　　● track 105

義 至今、直到現在、不久　⇨ 副詞

例 句

❀あれだけは今に忘れられない出来事だ。

　那個事件是我到現在都忘不掉的。

❀今に彼も後悔するだろう。

　到現在他應該都還在後悔。

イメージ　　　　　　　　● track 105

義 形象、印象　　⇨ 名詞

例 句

❀彼の言葉からは不快なイメージしか浮かばない。

　從他的話只給人不愉快的印象。

いらい
以来　　　　　　　　●track 105

�義 以來　　⇨ 名詞

㊸ 句

❀あれ以来彼に会っていない。

　從那之後就沒見過他。

いらい
依頼　　　　　　　　●track 105

�义 委託、請求　　⇨ 名詞

㊸ 句

❀品物は依頼どおりに宅配便で送った。

　商品會如委託的一樣宅配到府。

いらいら　　　　　　　●track 105

㊨ 急躁、著急、心浮氣躁　　⇨ 副詞、名詞

㊸ 句

❀交通渋滞に巻き込まれていらいらした。

　因為陷入塞車之中所以很煩躁。

う
浮く　　　　　　　　●track 106

㊨ 浮、浮動、剩餘　　⇨ 動詞

㊸ 句

❀一瞬体が宙に浮くのを感じた。

　一瞬間有浮在空中的感覺。

※倹約すれば月に2万円は浮く。

　節約的話一個月可以多出2萬日圓。

薄める ●track 106

義 稀釋　⇨動詞

例句

※カルピスを水で薄める。

　加水稀釋可爾必斯。

疑う ●track 106

義 懷疑　⇨動詞

例句

※目を疑った。

　懷疑自己看到的。/不敢相信自己的眼睛。

※彼が約束を守ることを信じて疑いません。

　對他會遵守約定的事深信不疑。

打ち消す ●track 106

義 否定　⇨動詞

例句

※うわさを打ち消す。

　否定傳言。

うっかり　　　　　　　　　　　● track 106

義 不注意、不小心、粗心　　⇨ 副詞

例 句

❀うっかり約束を忘れてしまった。

　不小心忘了約定。

唸り（うな）　　　　　　　　　● track 106

義 鳴、呻吟、嗚嗚聲　　⇨ 名詞

例 句

❀北風の唸りがまだ耳に残っている。

　北風嗚嗚呼嘯的聲音還殘留在耳邊。

敬う（うやま）　　　　　　　　● track 107

義 敬重　　⇨ 動詞

例 句

❀田中さんは町の人々から敬われていた。

　田中受到鎮上人的敬重。

占う（うらな）　　　　　　　　● track 107

義 占卜　　⇨ 動詞

例 句

❀運勢を占う。

　占卜自己的運勢。

恨^{うら}み ●track 107

義 仇恨、怨恨 ⇨ 名詞

例 句

❀彼^{かれ}に恨^{うら}みがある。

　我怨恨他。

エネルギー ●track 107

義 能量、活力 ⇨ 名詞

例 句

❀エネルギーを蓄^{たくわ}える。

　養精蓄銳。

❀彼^{かれ}はエネルギーがある。

　他很有活力。

得^える、得^うる ●track 107

義 得到 ⇨ 動詞

例 句

❀彼^{かれ}はやっと先生^{せんせい}の許可^{きょか}を得^えた。

　他終於得到老師的許可。

遠慮^{えんりょ}する ●track 108

義 客氣、謝絕、請勿 ⇨ 動詞

例 句

❀あの二人は互いに遠慮している。

　那兩個人彼此禮讓客氣。

❀せっかくの申し出ではあったが遠慮した。

　難得提出邀請但容我拒絕。

❀写真撮影はご遠慮お願います。

　請勿拍照攝影。

追い掛ける　　　●track 108

義 追趕、緊跟　　⇨ 動詞

例 句

❀警官が泥棒を追い掛けた。

　警察緊追著小偷。

追い越す　　　●track 108

義 追過、超過　　⇨ 動詞

例 句

❀ライバルに追い越された。

　被對手給超越了。

横断　　　●track 108

義 横越、横渡　　⇨ 名詞

㋞㋑
❀交通規則を無視して道路を横断する。
　無視交通規則穿越馬路。

大げさ　●track 108
㋞誇張、誇大　⇨ 名詞 、 な形

㋞㋑
❀彼はなんでも大げさに言う。
　他不管什麼都誇大其辭。

オートメーション　●track 108
㋞自動化　⇨ 名詞

㋞㋑
❀オートメーション化する。
　進行自動化。

補う　●track 109
㋞補足、貼補　⇨ 動詞

㋞㋑
❀バイトをして生活費を補った。
　打工貼補生活費。

幼い　●track 109
㋞年幼　⇨ い形

㊷㊒

✿彼の子供はみんなまだ幼い。

　　他的孩子都還年幼。

収める ●track 109

㊞ 收、裝、控制、取得、繳納　　⇨動詞

㊷㊒

✿お金は金庫に収めた。

　　把錢放在金庫。

✿勝利を収めた。

　　拿到勝利。

恐らく ●track 109

㊞ 恐怕　　⇨副詞

㊷㊒

✿恐らくそれは見つからないだろう。

　　恐怕找不到那個。

落ち着く ●track 109

㊞ 冷靜、穩重、安詳、定居下來　　⇨動詞

㊷㊒

✿子どもたちの気持ちが落ち着くまで待とう。

　　等孩子們冷靜下來。

おとなしい　　●track 109

義 老實、溫順、規矩、聽話　　⇒ い形

例 句

❀この犬は随分おとなしいね。
いぬ ずいぶん

這隻狗很聽話呢。

衰える　　●track 110
おとろ

義 衰退　　⇒ 動詞

例 句

❀年をとって体力が衰えてきた。
とし たいりょく おとろ

上了年紀之後體力就衰退了。

思いがけない　　●track 110
おも

義 沒想到、想不到　　⇒ い形

例 句

❀それはまったく思いがけないことだった。
おも

完全沒想到會發生那件事。

思い切り　　●track 110
おも き

義 死心、決心、徹底、乾脆　　⇒ 名詞 、 副詞

例 句

❀在庫品を思い切り安いお値段にて提供いたします。
ざいこひん おも き やす ねだん ていきょう

乾脆把庫存品用便宜的價錢販賣。

思い付く ⟨おも⟩⟨つ⟩

● track 110

義 想到　　⇨ 動詞

例 句

❀いいことを思い付いた。

想到好主意。

思い出す ⟨おも⟩⟨だ⟩

● track 110

義 想起來　　⇨ 動詞

例 句

❀彼女の名前が思い出せない。

想不起她的名字。

主な ⟨おも⟩

● track 110

義 主要的　　⇨ な形

例 句

❀ライトとブレーキがこの車の主な点検箇所です。

燈和刹車是車檢主要的項目。

か行

がいけん
外見
●track 111

義 外表　⇨ 名詞

例 句

❀ 人は外見では分からない。

人無法從外表判斷。

かいせい
改正する
●track 111

義 修改、修正　⇨ 動詞

例 句

❀ 法規を改正する。

修改法律。

かいぞう
改造する
●track 111

義 改造、改組、改建　⇨ 動詞

例 句

❀ 屋根裏を改造して書斎にする。

把閣樓改建成書房。

かえって
●track 111

義 反而　⇨ 副詞

例 句

❀タクシーに乗ったら電車よりかえって時間が掛かった。

坐計程車反而比搭火車還花時間。

抱える かか ●track 111

義 抱、懷有、負擔　⇨動詞

例 句

❀頭を抱える。

抱著頭。(表示很煩惱、很頭痛)

❀彼は巨額の借金を抱えている。

他背負著巨額債款。

限る かぎ ●track 112

義 限制、限定、只要、最好　⇨動詞

例 句

❀入場者は成人に限ります。

入場者只限成人。

❀夏は冷たいビールに限る。

夏天就是要喝冰啤酒。

覚悟 かくご ●track 112

義 決心　⇨名詞

例句

❀断られるのを覚悟で頼んでみるつもりだ。

打算抱著會被拒絕的決心請求看看。

かくだい
拡大する　　　　　　　　●track 112

表擴大、放大、蔓延　⇨動詞

例句

❀戦火は半島全域に拡大した。

戰火蔓延到半島全區。

かさ
重ねる　　　　　　　　　●track 112

表堆疊、加上、屢次　⇨動詞

例句

❀失敗を重ねる。

反覆失敗。

かしこ
賢い　　　　　　　　　　●track 112

表聰明、伶俐、機靈　⇨い形

例句

❀あれに気付くとはなんて賢いんだろう。

竟然能注意到那件事，真是聰明啊。

過剰 _{かじょう}
● track 112

�義 過剰、過量　⇨ 名詞、な形

例 句

❀彼は自意識過剰だ。
_{かれ　　じいしきかじょう}

　他自我意識過高。

数える _{かぞ}
● track 113

�義 數　⇨ 動詞

例 句

❀そんな経験をした者は数え切れないほどいる。
_{けいけん　　もの　かぞ　き}

　有那種經驗的人數都數不完。

傾く _{かたむ}
● track 113

�義 傾斜、傾向、衰微　⇨ 動詞

例 句

❀瓶が傾いて倒れた。
_{びん　かたむ　たお}

　瓶子因為傾斜而倒了。

偏る _{かたよ}
● track 113

�義 偏頗、不公平、偏袒　⇨ 動詞

例 句

❀彼の意見は偏っている。
_{かれ　いけん　かたよ}

　他的意見有所偏頗。

がっかり ●track 113

⊛失望 ⇨副詞

例句

❀彼が来なくてがっかりした。

因為他沒來讓我很失望。

仮定 ●track 113

⊛假設 ⇨名詞

例句

❀それはあくまでも仮定に過ぎない。

那不過是個假設罷了。

必ず ●track 113

⊛必定、一定 ⇨副詞

例句

❀毎朝必ずジョギングをすることにしている。

每天早上都一定會去慢跑。

我慢する ●track 113

⊛忍耐 ⇨動詞

例句

❀あんな人には我慢できません。

受不了那種人。

枯れる か

●track 114

麦 枯萎、成熟、乾枯　⇨ 動詞

例 句

❀鉢植えの植物がすべて枯れた。

盆栽裡的植物都枯死了。

カロリー

●track 114

麦 熱量、卡路里　⇨ 名詞

例 句

❀このケーキはカロリーが高い。

這個蛋糕的熱量很高。

変わる か

●track 114

麦 改變、轉換、與眾不同、更換　⇨ 動詞

例 句

❀この物質は加熱すると気体に変わる。

這個物質加熱後會變成氣體。

❀年が変わった。

年份換了。/到新的一年了。

❀あの人はずいぶん変わっている。

那個人很奇怪。

かんい
簡易
●track 114

義 簡單、簡便 ⇨ 名詞、な形

例 句

❀手続が簡易になった。

手續變簡單了。

かんげい
歓迎
●track 114

義 歡迎 ⇨ 名詞

例 句

❀彼は盛んな歓迎を受けた。

他受到熱烈歡迎。

かんげき
感激する
●track 114

義 感激、感動 ⇨ 動詞

例 句

❀彼らの親切に感激した。

感激他們的親切。

❀立派な行いに感激する。

被傑出的行動感動。

かんさつ
観察する
●track 115

義 觀察 ⇨ 動詞

㊞㉿

✿カブトムシの生態を観察する。

　観察獨角仙的生態。

感謝する ●track 115

㊝感謝　　⇨動詞

㊞㉿

✿ご親切に心から感謝します。

　打從心裡感謝你的親切。

感じる ●track 115

㊝感覺到　　⇨動詞

㊞㉿

✿彼女は生命の危険を感じた。

　她感覺到生命危險。

効く ●track 115

㊝有效、敏銳　　⇨動詞

㊞㉿

✿この薬はせきによく効く。

　這個藥對咳嗽很有效。

刻む ●track 115

㊝切細、刻、牢記　　⇨動詞

㊙㊚
❀その光景は彼の心に深く刻まれた。
　那個情景他牢記在心裡。

記事　〔きじ〕　●track 115

㊥新聞、報導　⇨名詞

㊙㊚
❀火災の記事を載せる。
　刊登火災的報導。

規制　〔きせい〕　●track 116

㊥規定、控制　⇨名詞

㊙㊚
❀この行為は法で規制されている。
　這個行為受法律的規範。

きつい　●track 116

㊥嚴苛、累人、緊、嚴肅　⇨い形

㊙㊚
❀この仕事はきついです。
　這個工作很累人。

きっかけ　●track 116

㊥契機　⇨名詞

㊙㊙

❀それが事件のきっかけとなった。

　　那是事件發生的契機。

ぎっしり　　　　　　　　　　●track 116

㊜滿滿的　　⇨副詞

㊙㊙

❀ホールには若い人がぎっしり詰まっていた。

　　會場裡擠滿了年輕人。

きっと　　　　　　　　　　　●track 116

㊜必定、一定　　⇨副詞

㊙㊙

❀彼の言っていたことはきっと実現するよ。

　　他說的話一定會實現的。

記入する　　　　　　　　　　●track 116

㊜記上、寫上　　⇨動詞

㊙㊙

❀申込書に名前を記入しなさい。

　　在申請書上寫上名字。

決まる　　　　　　　　　　　●track 117

㊜決定、必定　　⇨動詞

例 句

❀次の会議は4月10日に決まった。

下次的會議決定訂在4月10日。

❀彼女はきっと後悔するに決まっている。

她一定會後悔的。

器用 きょう ●track 117

表 靈巧、精明 ⇨ 名詞、な形

例 句

❀彼女は器用に道具を使う。

她很靈巧地使用工具。

共感 きょうかん ●track 117

表 同感、共鳴 ⇨ 名詞

例 句

❀彼の言葉はみんなの共感を呼んだ。

他的話引起大家的共鳴。

くしゃみ ●track 117

表 噴嚏 ⇨ 名詞

例 句

❀くしゃみが出る。

打噴嚏。

苦情 （くじょう）

●track 117

�義 抱怨、不滿　⇨ 名詞

例 句

❀苦情を言う。

　提出抱怨。

くたくた

●track 117

�義 筋疲力竭　⇨ 副詞

例 句

❀疲れてくたくただ。

　累得筋疲力竭。

くだらない

●track 118

�义 沒意思、無聊、沒價值　⇨ 連語

例 句

❀くだらぬことばかり言うな。（くだらぬ＝くだらない）

　別老說些廢話。

苦痛 （くつう）

●track 118

�义 痛苦　⇨ 名詞

例 句

❀こんな遠距離通勤は苦痛だ。

　像這樣長途通勤真是痛苦。

ぐっすり ● track 118

(義) 熟睡、睡得香甜　　⇨ 副詞

(例)(句)

❀ 赤ちゃんはぐっすり眠っている。

小嬰兒睡得正香甜。

比^{くら}べる ● track 118

(義) 比較　　⇨ 動詞

(例)(句)

❀ 前の作品に比べると今度のはよくなった。

和之前的作品比較，這次的進步了。

暮^くれる ● track 118

(義) 日暮、入夜、即將過去　　⇨ 動詞

(例)(句)

❀ こんなことをしていたら日が暮れてしまう。

如果一直做這件事天就要黑了喔。

苦労^{くろう} ● track 118

(義) 辛勞、操心、煩惱　　⇨ 名詞

(例)(句)

❀ どれほど苦労してきたか誰にもわからない。

沒人知道我是怎麼苦過來的。

詳_{くわ}しい ●track 119

義 詳細、清楚　⇨ い形

例 句

❀その問題_{もんだい}を詳_{くわ}しく説明_{せつめい}してください。

請詳細説明那個問題。

敬意_{けいい} ●track 119

義 敬意　⇨ 名詞

例 句

❀彼_{かれ}に敬意_{けいい}を表_{ひょう}する。

對他表示敬意。

経営_{けいえい}する ●track 119

義 經營　⇨ 動詞

例 句

❀彼_{かれ}は店_{みせ}を経営_{けいえい}している。

他經營著一家店。

傾向_{けいこう} ●track 119

義 傾向、趨勢　⇨ 名詞

例 句

❀物価_{ぶっか}は上昇_{じょうしょう}の傾向_{けいこう}を示_{しめ}している。

物價呈現上升的趨勢。

形式 けいしき

●track 119

表 形式、方式 　⇨ 名詞

例句

❀ この申込書は実に複雑な形式である。

這個申請書的形式真的很複雜。

❀ 形式的ですが一応ここにサインをしてください。

雖然只是形式上的，但還是請在這裡簽名。

下車する げしゃ

●track 120

表 下車 　⇨ 動詞

例句

❀ 名古屋で途中下車した。

在名古屋中途下車。

結局 けっきょく

●track 120

表 到最後、結果 　⇨ 名詞

例句

❀ いろいろ頑張ったが結局駄目だった。

做了很多努力，結果還是不行。

決断 けつだん

●track 120

表 當機立斷、決斷 　⇨ 名詞

例 句

❀彼は決断を迫られた。

　他被迫做決斷。

欠点 ● track 120

義 缺點　　⇨ 名詞

例 句

❀欠点のない人はいない。

　沒有人零缺點。

謙遜する ● track 120

義 謙虛、謙遜　　⇨ 動詞

例 句

❀彼は謙遜して何も言わなかった。

　他很謙虛什麼都不說。

限度 ● track 120

義 限度、範圍　　⇨ 名詞

例 句

❀このバスの定員は15名を限度とする。

　這台公車的乘客限制是15人。

恋しい ● track 120

義 戀慕、想念、懷念　　⇨ い形

例 句

❀故郷が恋しい。

懷念故鄉。

克服する　●track 121

表 克服　⇨ 動詞

例 句

❀困難を克服する。

克服困難。

焦げる　●track 121

表 烤焦　⇨ 動詞

例 句

❀パンが真っ黒に焦げてしまった。

麵包烤得焦黑。

こっそり　●track 121

表 偷偷、悄悄　⇨ 副詞

例 句

❀彼はダイヤをこっそりと盗み出した。

他偷偷把鑽石偷出來。

異_{こと}なる ● track 121

义 不同、相異　⇨ 動詞

例 句

❀趣味_{しゅみ}は人_{ひと}によって異_{こと}なる。

興趣因人而異。

こぼれる ● track 121

义 灑出來、溢出來　⇨ 動詞

例 句

❀コーヒーが食卓_{しょくたく}の上_{うえ}にこぼれた。

咖啡灑到餐桌上。

細_{こま}かい ● track 121

义 細、零碎、細小、詳細　⇨ い形

例 句

❀細_{こま}かい説明_{せつめい}をする。

詳細說明。

さ行

さい
際 ● track 122

義 …的時候、…之際　⇨ 名詞

例 句

❀別れの際に友達の手を握った。

離別之際握了朋友的手。

さいご
最後 ● track 122

義 最後　⇨ 名詞

例 句

❀人の話を最後まで聞く。

聽人說話要聽到最後。

さいこう
最高 ● track 122

義 最高、最好　⇨ 名詞、な形

例 句

❀違反者は最高 5 万円の罰金を支払わされる。

違反者最高可罰 5 萬日圓。

さいさん
再三 ● track 122

義 再三　⇨ 副詞

例 句

❀危険だと再三注意したがだめだった。

　再三警告說很危險結果也沒用。

さいのう
才能　　　　　　　　　　　● track 122

義 才華、天份　　⇨ 名詞

例 句

❀彼女はゴルフに才能を発揮した。

　她發揮了高爾夫的才華。

さいわ
幸い　　　　　　　　　　　● track 122

義 幸福、幸運、有幫助、幸好　　⇨ 名詞 、 な形

例 句

❀お役に立てば幸いです。

　如果我可以幫上忙將感到很榮幸。

❀私が訪ねたとき幸い彼は在宅だった。

　我去拜訪的時候很幸運他在家。

さが
探す　　　　　　　　　　　● track 123

義 找、尋找　　⇨ 動詞

例 句

❀毎日職を探して歩き回っている。

　每天為了找工作而到處奔走。

さかのぼる

● track 123

義 回溯、逆流而上　⇨ 動詞

例 句

❀今から 10 年前にさかのぼってみよう。

回溯到距今10年前。

逆らう

● track 123

義 逆、違背、反抗　⇨ 動詞

例 句

❀親に逆らう。

忤逆父母。

支える

● track 123

義 支撐、維持　⇨ 動詞

例 句

❀杖で体を支える。

用枴杖支撐身體。

❀彼は家族を支える。

他支撐(維持)著家庭。

ささやか

● track 123

義 細小、小規模、微薄　⇨ な形

例 句

❀ ささやかな店を営んでいる。

　經營著一間小小的店鋪。

さすが　　　　　●track 123

義 真不愧是、的確、果然　　⇨ 副詞、な形

例 句

❀ 一人暮らしはさすがに寂しい。

　一個人生活果然很寂寞。

雑談　　　　　●track 124

義 閒聊　　⇨ 名詞

例 句

❀ 田中先生は授業中によく雑談をする。

　田中老師上課時很喜歡閒聊。

さっぱり　　　　　●track 124

義 俐落、直爽、爽快、清淡、完全　　⇨ 副詞

例 句

❀ お風呂に入るとさっぱりします。

　洗完澡後很清爽。

❀ さっぱり思い出せない。

　完全想不起來。

錆びる（さ）

● track 124

表 生銹、退化無用　　⇨ 動詞

例 句

❀水分は鉄を錆びさせる。（すいぶん・てつ）

水分會讓鐵生銹。

❀私のフランス語は少々錆びついてしまった。（わたし・しょうしょう）

我的法語已經有點退步了。

差別する（さべつ）

● track 124

表 歧視　　⇨ 動詞

例 句

❀年寄りを差別する。（としよ・さべつ）

歧視老人。

作法（さほう）

● track 124

表 禮節、禮貌　　⇨ 名詞

例 句

❀食卓での作法を守る。（しょくたく・さほう・まも）

遵守餐桌禮節。

さらに

● track 124

表 更加、更進一步、並且、再　　⇨ 副詞、接續詞

單
字
篇

例 句

❀さらに検討する必要がある。

有必要更進一步討論。

さ
去る ●track 125

義 離開、經過　⇨ 動詞

例 句

❀夏が去って秋が来た。

夏去秋來。

さわ
騒がしい ●track 125

義 吵鬧、騒然　⇨ い形

例 句

❀隣の子供たちはいつも騒がしい。

隔壁的孩子一直都很吵鬧。

しかい
司会 ●track 125

義 司儀　⇨ 名詞

例 句

❀山田氏が披露宴の司会をした。

山田先生是婚禮的司儀。

しず
沈む ●track 125

義 下沉、消沉　⇨ 動詞

例 句

❀船は台風のために沈んだ。

　船因為颱風的關係沉了。

しだい
次第に　　　　　　　　　● track 125

義 逐漸　　⇨ 副詞

例 句

❀彼女の姿は次第に闇の中に消えていった。

　她的身影逐漸消失在黑暗中。

した
親しい　　　　　　　　　● track 125

義 親近　　⇨ い形

例 句

❀親しい友人。

　親近的朋友。

しつこい　　　　　　　　● track 125

義 煩人、糾纏不休、油膩　　⇨ い形

例 句

❀彼がしつこくて困った。

　他糾纏不休讓人很困擾。

じっし
実施する　　　　　　　　● track 125

義 實施　　⇨ 動詞

例 句

✿法律を実施する。

　施行法律。

質素（しっそ）　　　　　● track 125

�義 樸素、儉樸、簡陋　　⇨ 名詞、な形

例 句

✿質素（しっそ）な服装（ふくそう）をする。

　穿樸素的服裝。

しばしば　　　　　● track 125

�義 常常、每每、屢次　　⇨ 副詞

例 句

✿この地方（ちほう）ではそのようなことがしばしば起（お）こる。

　在這個地方像那種事常常會發生。

地味（じみ）　　　　　● track 125

�義 樸素、不顯眼、普通　　⇨ 名詞、な形

例 句

✿地味（じみ）な服装（ふくそう）をする。

　穿不起眼的衣服。

占める（しめる）　　　　　● track 125

㊨ 占有　　⇨ 動詞

例 句

❀彼は会社で重要な地位を占めている。

他在社會上占有重要的地位。

しゅざい
取材　　　　　　　　　　　　●track 126

(義) 採訪　　⇨名詞

例 句

❀彼は取材のために社長に会いに行った。

他為了採訪去見社長。

しゅだん
手段　　　　　　　　　　　　●track 126

(義) 手段、方法　　⇨名詞

例 句

❀あらゆる手段を尽くす。

用盡了各種方法。

しゅっせ
出世　　　　　　　　　　　　●track 126

(義) 成功、升職、出人頭地　　⇨名詞

例 句

❀彼女は彼の出世を見て喜んだ。

她看到他成功覺得很開心。

しゅよう
主要　　　　　　　　　　　　● track 126

義 主要　　⇨ 名詞、な形

例 句

❀日本の主要な産業は自動車だ
にほん　　しゅよう　　さんぎょう　　じどうしゃ

日本的主要產業是汽車。

じゅんちょう
順 調　　　　　　　　　　　　● track 126

義 順利、良好　　⇨ 名詞、な形

例 句

❀新製品は順調に売れている。
しんせいひん　　じゅんちょう　う

新商品順利熱賣。

しょうきょくてき
消 極 的　　　　　　　　　　● track 126

義 消極的　　⇨ な形

例 句

❀彼女はいつも消極的な意見を言う。
かのじょ　　　　しょうきょくてき　いけん　い

她總是說消極的意見。

しょうじき
正 直　　　　　　　　　　　　● track 127

義 老實、正直　　⇨ 名詞、な形

例 句

❀正直な人。
しょうじき　ひと

老實人。

❀正直に言いなさい。

　請老實說。

じょうしき
常識　　　　　　　　　　　　● track 127

表 常識　　⇨ 名詞

例 句

❀常識があるからそんなことはしない。

　因為有常識所以不會做那種事。

しょうち
承知　　　　　　　　　　　　● track 127

表 了解、知道、同意、答應　　⇨ 名詞

例 句

❀そのことなら十分承知している。

　那件事的話我已經很了解了。

❀ご承知のように。

　如您所知。

しょうにん
承認　　　　　　　　　　　　● track 127

表 同意、批准　　⇨ 名詞

例 句

❀それは社長の承認を要する。

　那需要社長的批准。

單字篇

しょうひ
消費
●track 127

義 消費 ⇨ 名詞

例 句

❀小麦を消費する。

消費小麥。

しょくば
職場
●track 127

義 職場 ⇨ 名詞

例 句

❀職場に復帰する。

回到職場。

しんがく
進学する
●track 128

義 升學 ⇨ 動詞

例 句

❀彼は大学院に進学するつもりだ。

他打算念研究所。

しんこく
深刻
●track 128

義 嚴重、嚴肅 ⇨ 名詞、な形

例 句

❀人口問題は一段と深刻になった。

人口問題變得更嚴重了。

しんだん
診断

● track 128

🟢 診斷　　⇨ 名詞

例 句

❀ 診断を受ける。

接受診斷。

しんよう
信用

● track 128

🟢 相信、信任　　⇨ 名詞

例 句

❀ 信用を得る。

得到信任。

❀ あの人の言うことは全然信用しない。

完全不相信那個人說的話。

しんらい
信頼

● track 128

🟢 信賴、信任　　⇨ 名詞

例 句

❀ この統計表は信頼出来る。

這個統計表可以相信。

ずうずう
図々しい

● track 128

🟢 厚臉皮、厚顏無恥　　⇨ い形

例 句

❀あいつはなんて図々(ずうずう)しいやつだ。

　他是個厚臉皮的傢伙。

救(すく)う　　　　　　　　　　　●track 129

義 拯救　　⇨ 動詞

例 句

❀山(やま)の遭難者(そうなんしゃ)を救(すく)う。

　拯救山中遇難者。

優(すぐ)れる　　　　　　　　　　●track 129

義 出色、優秀　　⇨ 動詞

例 句

❀スポーツでは彼(かれ)より優(すぐ)れている者(もの)はいなかった。

　在運動方面沒有比他更優秀的人了。

スタイル　　　　　　　　　　　●track 129

義 樣式、型、體型、身材　　⇨ 名詞

例 句

❀彼女(かのじょ)はスタイルがいい。

　她的身材很好。

すっきり

● track 129

表 舒暢、痛快、輕鬆、整潔　⇨ 副詞

例 句

❀ 暑い日は冷たい飲み物がすっきりする。

很熱的日子喝冷飲很痛快。

❀ 髪を短くしてすっきりした。

把頭髮剪短覺得心情輕鬆很多。

素敵 (すてき)

● track 129

表 漂亮　⇨ な形

例 句

❀ 素敵な女の子に会った。

和漂亮的女孩子見面。

既に (すでに)

● track 129

表 已經　⇨ 副詞

例 句

❀ 彼らが着いた時には社長は既に出発していた。

他們到的時候社長已經出發了。

スムーズ
● track 130

義 圓滿、順利、光滑　⇨ 名詞、な形

例 句

❀問題はスムーズに収まった。

問題圓滿地解決了。

ずるい
● track 130

義 狡猾、奸詐　⇨ い形

例 句

❀私に言わないなんてずるい。

不跟我說真是太奸詐了。

❀彼はずるい事をする。

他做了狡猾的事。

鋭い（するどい）
● track 130

義 尖銳、敏銳　⇨ い形

例 句

❀マスコミは政府に対して鋭い攻撃を加えた。

媒體對政府加以尖銳的攻擊。

咳（せき）
● track 130

義 咳嗽　⇨ 名詞

例 句

❀咳をする。

咳嗽。

せっかく ● track 130

義 難得、特意、好不容易 ⇨ 副詞、名詞

例 句

❀彼女がせっかく作ったご馳走がテーブルの上で冷たくなっている。

她特地做的飯菜都放在桌上冷了。

積極的（せっきょくてき） ● track 130

義 積極的 ⇨ な形

例 句

❀会議に積極的に参加する。

積極地參加會議。

背中（せなか） ● track 131

義 背後、背 ⇨ 名詞

例 句

❀彼女は怒って背中を向けた。

她生氣地背對著我。

せめて ●track 131

義 至少 ⇨ 副詞

例 句

❀せめて声<ruby>声<rt>こえ</rt></ruby>だけでも聞<ruby>聞<rt>き</rt></ruby>きたい。

想至少聽到聲音也好。

世話<ruby><rt>せ わ</rt></ruby> ●track 131

義 照顧 ⇨ 名詞

例 句

❀子供<ruby><rt>こ ど も</rt></ruby>の世話<ruby><rt>せ わ</rt></ruby>をする。

照顧孩子。

続々<ruby><rt>ぞくぞく</rt></ruby> ●track 131

義 接二連三、紛紛 ⇨ 副詞

例 句

❀最近外国<ruby><rt>さいきんがいこく</rt></ruby>の歌手<ruby><rt>か しゅ</rt></ruby>が続々<ruby><rt>ぞくぞく</rt></ruby>と来日<ruby><rt>らいにち</rt></ruby>している。

最近外國歌手紛紛來台。

測定する<ruby><rt>そくてい</rt></ruby> ●track 131

義 測量 ⇨ 動詞

例 句

❀気温<ruby><rt>き おん</rt></ruby>の変化<ruby><rt>へん か</rt></ruby>を測定<ruby><rt>そくてい</rt></ruby>する。

測量溫度變化。

底 ^{そこ}

● track 131

🔊 底、最下面、深處、谷底　　⇨ 名詞

例 句

❀ バケツの底に穴があいている。

　水桶的底部破了個洞。

阻止する ^{そ し}

● track 132

🔊 阻止　　⇨ 動詞

例 句

❀ 法案通過を阻止する。

　阻止法案通過。

そそっかしい

● track 132

🔊 粗心大意、冒失　　⇨ い形

例 句

❀ 彼女はまたそそっかしい間違いをした。

　她又粗心大意犯下錯誤。

そっくり

● track 132

🔊 相像、一模一樣　　⇨ 副詞

例 句

❀ 彼女は母親そっくりだ。

　她和媽媽長得一模一樣。

備える そな
● track 132

表 準備、設置、具備 ⇨ 動詞

例 句

❀ 老後に備える。
ろうご　そな

為老後做準備。

それでも
● track 132

表 即使如此。 ⇨ 接續詞

例 句

❀ 彼女はきれいで親切だが、それでも私は彼女が
かのじょ　　　　　しんせつ　　　　　　　　　　わたし　かのじょ
好きになれない。
す

她既漂亮又親切，但即使如此我還是無法喜歡她。

それとも
● track 132

表 還是 ⇨ 接續詞

例 句

❀ コーヒーですか、それとも紅茶にしますか。
こうちゃ

要喝咖啡還是紅茶呢？

それに
● track 133

表 而且 ⇨ 接續詞

例 句

❀ 部屋は机といすと、それに本棚もあった。
へや　つくえ　　　　　　　　　　ほんだな

房間有桌子、椅子，而且還有書架。

逸れる (そ)

● track 133

● 脱離正軌、走調　　⇨ 動詞

例句

❀ 飛行機は予定の航路から逸れていた。

　飛機偏離了預定的航線。

❀ 彼の話はよくわき道に逸れる。

　他說話經常會離題。

そろそろ

● track 133

● 慢慢地、該、馬上　　⇨ 副詞

例句

❀ そろそろ出掛けようか。

　差不多該出門了吧。

単
字
篇

た行

たいくつ
退屈　　　　　　　　　●track 133

義 無聊、無趣　　⇨ 名詞 、 な形

例 句

❀彼女の話はいつも退屈だ。

　她說的話一直都很無聊。

たいさく
対策　　　　　　　　　●track 133

義 對策　　⇨ 名詞

例 句

❀事態の処理のために対策を講じる。

　講解處理事情的對策。

たい
大した　　　　　　　　●track 133

義 驚人的、大量、了不起　　⇨ 連體詞

例 句

❀あの人は大した小説家だ。

　那個人是了不起的小說家。

❀大した損害ではなかった。

　沒什麼大的損失。

たいしょう
対照
● track 134

義 對照、對比　⇨ 名詞

例句

❀ この二つは好対照をなす。

這兩個是很好的對比。

たいめん
対面
● track 134

義 見面　⇨ 名詞

例句

❀ 彼と 10 年ぶりに対面できた。

相隔十年終於可以和他見面。

たいりつ
対立
● track 134

義 對立　⇨ 名詞

例句

❀ この問題に関して先生とは真っ向から意見が対立
している。

關於這個問題，我和老師的意見對立。

たが
互い
● track 134

義 互相　⇨ 名詞

例句

❀ 彼らは互いに尊敬し合っている。

他們互相尊敬。

確か たし

● track 134

表 確實、確切、準確、可靠、信得過　⇨ な形、副詞

例 句

❀ この問題が試験に出るのは確かだ。

這一題考試一定會出。

訪ねる たず

● track 134

表 拜訪、造訪　⇨ 動詞

例 句

❀ 先日彼らの家を訪ねた。

前幾天到他們家拜訪。

❀ 京都の神社を訪ねた。

造訪京都的神社。

ただし

● track 135

表 可是　⇨ 接續詞

例 句

❀ 外出は自由だ。ただし 12 時までには帰らなければ
ならない。

可以自由外出，但12點前一定要回來。

正しい ただ

● track 135

表 正確、正當　⇨ い形

例 句

❀あなたの判断は正しい。

你的判斷是正確的。

立ち上がる ●track 135

表 站起來、重振、開始著手　⇨ 動詞

例 句

❀年寄りに席を譲るために立ち上がった。

為了讓座給老人而站起來。

❀彼らは飢えた人を救うために立ち上がった。

他們為了拯救飢餓的人民挺身而出。

達する ●track 135

表 到達、達成　⇨ 動詞

例 句

❀目的地に達する。

到達目的地。

❀結論に達する。

達成結論。

たった ●track 135

表 只、僅　⇨ 副詞

例 句

❀たった 500 円では大した昼食はできないよ。

只有 500 日圓沒辦法吃像樣的午餐。

たっぷり　　　　　　　　　●track 135

義 充分、充滿、足夠　　⇨ 副詞

例 句

❀パンにバターをたっぷり塗る。

在麵包上塗滿奶油。

妥当（だとう）　　　　　　　　　●track 136

義 適當、妥當　　⇨ 名詞 、 な形

例 句

❀彼が偉大な音楽家と呼ばれるのは妥当ではない。

他被稱為是偉大的音樂家是不妥當的。

たとえ　　　　　　　　　●track 136

義 舉例、比方說、比喻　　⇨ 名詞

例 句

❀いろいろなたとえを使って話をした。

使用許多比喻來說。

❀たとえを引けば説明は簡単だ。

舉出例子的話就很容易說明了。

試す
_{ため}

● track 136

義 嘗試　　⇨ 動詞

例 句

❀機械がうまく動くかどうか試してみた。
_{きかい} _{うご} _{ため}

試試看機器能不能順利運轉。

ためらう

● track 136

義 猶豫　　⇨ 動詞

例 句

❀彼はその危険を冒すのをためらった。
_{かれ} _{きけん} _{おか}

他在猶豫要不要冒那個險。

ためる

● track 136

義 儲蓄、存、累積、收集　　⇨ 動詞

例 句

❀彼は大金をためていた。
_{かれ} _{たいきん}

他存了很多錢。

担当する
_{たんとう}

● track 137

義 負責　　⇨ 動詞

例 句

❀彼が会計を担当した。
_{かれ} _{かいけい} _{たんとう}

他負責會計。

単<ruby>たん</ruby>なる　　　　　　　　　● track 137

義 僅僅、只不過　　⇨ 動詞

例 句

❀彼は単<ruby>たん</ruby>なるサラリーマンではない。

他不僅僅是上班族。

ちっとも　　　　　　　　　● track 137

義 一點也…　　⇨ 副詞

例 句

❀ちっとも知<ruby>し</ruby>らなかった。

一點也不知道。

着<ruby>ちゃくちゃく</ruby>々　　　　　　　　　● track 137

義 穩步順利地、逐步地　　⇨ 副詞

例 句

❀研究<ruby>けんきゅう</ruby>が着<ruby>ちゃくちゃくす</ruby>々進む。

研究順利地逐步進行。

ちゃんと　　　　　　　　　● track 137

義 規規矩矩、如期、好好地　　⇨ 副詞

例 句

❀ちゃんと仕事<ruby>しごと</ruby>をする。

好好地工作。

注意 （ちゅうい）

●track 137

義 注意、警告、留意、當心　⇨ 名詞

例 句

❀ 仕事に対して注意深くなければならない。

　對工作不提高警覺不行。

❀ 彼は健康に注意している。

　他很留意健康。

❀ お酒を飲み過ぎないよう注意した。

　勸告不要喝太多酒。

中止する （ちゅうし）

●track 138

義 中止、停止　⇨ 動詞

例 句

❀ 支払いを中止する。

　停止支付。

注文 （ちゅうもん）

●track 138

義 訂貨、要求　⇨ 名詞

例 句

❀ インターネットで注文する

　在網路上訂貨。

調節 _{ちょうせつ}

●track 138

義 調節、調整、調劑　⇨名詞

例 句

❀このスイッチで部屋の温度を調節できる。

這個開關可以調節房間的溫度。

著者 _{ちょしゃ}

●track 138

義 作者　⇨名詞

例 句

❀著者不明の小説。

作者不明的小説。

貯蔵する _{ちょぞう}

●track 138

義 儲藏　⇨動詞

例 句

❀果物は砂糖漬けにして貯蔵する。

水果用砂糖醃漬後儲藏。

散らかる _ち

●track 138

義 散亂、亂七八糟　⇨動詞

例 句

❀彼女の部屋はいつも散らかっている。

她的房間一直都很亂。

続つづく ●track 139

義 繼續、連續　⇒ 動詞

例 句

❀会議かいぎは延々えんえんと続つづいた。

會議沒完沒了的繼續著。

勤つとめる ●track 139

義 工作、擔任、當、做　⇒ 動詞

例 句

❀兄あには自動車会社じどうしゃがいしゃに勤つとめている。

哥哥在汽車公司工作。

つながり ●track 139

義 關聯、連接、關係　⇒ 名詞

例 句

❀食物しょくもつと健康けんこうの間あいだには密接みっせつなつながりがある。

食物和健康之間有密切的關係。

適てきする ●track 139

義 適合、適應、適宜　⇒ 動詞

例 句

❀その服装ふくそうはジョギングに適てきしていない。

那套服裝不適合慢跑穿。

適切（てきせつ）

●track 139

義 恰當、妥當　⇨ 名詞、な形

例 句

❀ 適切（てきせつ）な処置（しょち）をとる。

妥當的處理。

でたらめ

●track 139

義 荒唐、胡來、胡說　⇨ 名詞、な形

例 句

❀ あの話（はなし）はでたらめだった。

那故事是胡說八道的。

手続き（てつづき）

●track 140

義 手續　⇨ 名詞

例 句

❀ 輸出（ゆしゅつ）の手続（てつづ）きは今月中（こんげつちゅう）に完了（かんりょう）しなければならない。

出口的手續一定要在這個月中完成。

徹夜（てつや）

●track 140

義 熬夜　⇨ 名詞

例 句

❀ 徹夜（てつや）して勉強（べんきょう）する。

熬夜念書。

手間 <small>てま</small>　　　　　　　●track 140

㊣ 工夫、勞力時間　　⇨名詞

例 句

❀パソコンのおかげで大<small>おお</small>いに手間<small>てま</small>が省<small>はぶ</small>けた。

　多虧有電腦省了很多工夫。

展開する <small>てんかい</small>　　　　　●track 140

㊣ 展開、展現、開展　　⇨動詞

例 句

❀新局面<small>しんきょくめん</small>を展開<small>てんかい</small>した。

　展開新局面。

❀大海<small>たいかい</small>が目前<small>もくぜん</small>に展開<small>てんかい</small>した。

　大海開展在眼前。

伝言 <small>でんごん</small>　　　　　　　●track 140

㊣ 留言、傳話　　⇨名詞

例 句

❀社長<small>しゃちょう</small>からの伝言<small>でんごん</small>を頼<small>たの</small>まれています。

　社長要我傳話。

でんとう
伝統
● track 140

^義 傳統　⇨ 名詞

例 句

❀伝統を破る。

　突破傳統。

ときどき
時々
● track 141

^義 時時、時常　⇨ 名詞、副詞

例 句

❀彼は時々訪ねてくる。

　他經常來訪。

とくい
得意
● track 141

^義 得意、滿足、自滿、拿手　⇨ 名詞、な形

例 句

❀彼女は有名人と並んで写真を撮っては得意になっている。

　她因為可以和名人一起照相而洋洋得意。

❀彼は英語が得意だ。

　他擅長英文。

特色（とくしょく）

● track 141

表 特色、特徴　⇨ 名詞

例 句

❀ 鼻（はな）の長（なが）いのがぞうの特色（とくしょく）だ。

長鼻子是大象的特色。

特定（とくてい）する

● track 141

表 特定、鎖定　⇨ 動詞

例 句

❀ 犯人（はんにん）を特定（とくてい）するのは難（むずか）しい。

要鎖定犯人的身分很難。

溶（と）ける

● track 141

表 融化、溶化　⇨ 動詞

例 句

❀ 砂糖（さとう）は水（みず）によく溶（と）ける。

砂糖很容易溶於水。

ところが

● track 142

表 然而、可是　⇨ 接續詞

例 句

❀ 母（はは）は出掛（でか）けたと思（おも）っていた、ところが2階（かい）で昼寝（ひるね）していたんだ。

以為媽媽出去了，沒想到她在二樓睡午覺。

• 267 •

途中（とちゅう）

● track 142

義 中途、路上　⇨ 名詞

例 句

❀ 家へ帰る途中で彼女に出会った。

　　在回家的路上遇到她。

❀ 途中で計画をあきらめる。

　　中途放棄計畫。

とっくに

● track 142

義 老早、早就　⇨ 副詞

例 句

❀ 昼食の時間はとっくに過ぎている。

　　午餐的時間早就過了。

届く（とどく）

● track 142

義 達到、收到、周密　⇨ 動詞

例 句

❀ 荷物が昨日届きました。

　　行李昨天收到了。

❀ 彼女の声は遠くまで届く。

　　她的聲音傳到很遠的地方。

整^{ととの}う ●track 142

㊣ 整齊、完整、備齊、談好　⇨ 動詞

㊐ 句

❀田中^{たなか}さんは整^{ととの}った服装^{ふくそう}をしている。

　田中先生穿著整齊。

❀朝食^{ちょうしょく}の用意^{ようい}が整^{ととの}った。

　早餐準備好了。

怒鳴^{どな}る ●track 142

㊣ 大叫、大聲斥責　⇨ 動詞

㊐ 句

❀先生^{せんせい}に怒鳴^{どな}られた。

　被老師大聲斥責。

な行

ないよう
内容
● track 143

義 内容　⇨ 名詞

例 句

❀ 伝言の内容は何ですか。

　傳話的內容是什麼呢？

なお
直す
● track 143

義 改正、訂正、修理、恢復、弄整齊　⇨ 動詞

例 句

❀ 誤りを直す。

　訂正錯誤。

❀ ネクタイが曲がっているから直してあげよう。

　領帶歪了，我幫你弄正吧。

なお
直る
● track 143

義 改正、矯正、修理好、恢復　⇨ 動詞

例 句

❀ あの間違いはまだ直っていない。

　那個錯誤還沒有改過來。

❀ お客様の機嫌が直るまで帰れなかった。

　客人恢復心情之前不能回去。

仲良し _{なかよ}

● track 143

意 要好、好朋友　　⇨ 名詞

例 句

❀ あの二人は大の仲良しだ。

那兩個人是超級好朋友。

なだらか

● track 143

意 緩坡、平穩、順利　　⇨ な形

例 句

❀ なだらかな坂。

緩坡。

❀ なだらかに事が運ぶことを願っている。

祈禱事情能順利進行。

にっこり

● track 144

意 笑嘻嘻的、微微一笑　　⇨ 副詞

例 句

❀ にっこりと笑いかけた。

微微一笑。

睨む ^{にら}
● track 144

義 怒視、瞪、注視、推測　⇨ 動詞

例 句

❀ 彼に睨まれている。

被他注視著。

❀ 費用は 10 万円と睨んでいる。

費用推估是 10 萬日圓。

似る ^に
● track 144

義 相似　⇨ 動詞

例 句

❀ あの子は父親によく似ている。

那孩子和爸爸很像。

盗む ^{ぬす}
● track 144

義 偷取、背著　⇨ 動詞

例 句

❀ 彼は会社の金を盗んだ。

他偷了公司的錢。

❀ 先生の目を盗んでカンニングした。

趁老師不注意作弊。

塗_ぬる

●track 144

表 塗　　⇨ 動詞

例 句

❀ 壁_{かべ}を白_{しろ}く塗_ぬる。

把牆壁塗白。

願_{ねが}う

●track 145

表 請求、希望　　⇨ 動詞

例 句

❀ ご成功_{せいこう}を願<sub>ねが</sub っております。

希望您可以成功。

❀ お手伝_{てつだ}いをお願_{ねが}いできますか。

可以請你幫忙嗎？

覗_{のぞ}く

●track 145

表 窺視、向下望、看一看　　⇨ 動詞

例 句

❀ すきまから覗_{のぞ}く。

從縫隙窺看。

の
述べる ●track 145

義 敘述、陳述　⇨ 動詞

例 句

❀ 意見を述べる。

陳述意見。

の　　こ
乗り越す ●track 145

義 坐過站　⇨ 動詞

例 句

❀ 友達としゃべっていて乗り越してしまった。

和朋友聊天結果坐過站。

は行

激しい（はげしい）
● track 145

義 激烈、遽烈、猛烈 ⇒ い形

例句

❀ 激（はげ）しく議論（ぎろん）する。

很激烈的討論著。

外れる（はずれる）
● track 145

義 脱離、掉下、偏離、不準 ⇒ 動詞

例句

❀ ボタンが一（ひと）つ外（はず）れている。

釦子掉了一個。

❀ 天気予報（てんきよほう）が外（はず）れた。

天氣預報不準。

パターン
● track 146

義 模式 ⇒ 名詞

例句

❀ 彼（かれ）のやることはワンパターンだ。

他做的事都是同一模式。

発揮する（はっきする）
● track 146

義 發揮 ⇒ 動詞

例 句

❀実力を発揮する。

發揮實力。

発見する _{はっけん}　　　　　●track 146

義 發現　⇨動詞

例 句

❀誤りを発見した。

發現錯誤。

発行する _{はっこう}　　　　　●track 146

義 發行、出版、發售　⇨動詞

例 句

❀雑誌を発行する。

發行雜誌。

ばったり　　　　　　　　　●track 146

義 突然相遇、突然停止、突然倒下　⇨副詞

例 句

❀私はばったり彼女に出会った。

我突然遇到她。

派手 _{はで}　　　　　　　●track 146

義 花俏、華麗　⇨名詞、な形

例 句

❀派手な服を着る。

穿著花俏的衣服。

話し合う ●track 146

義 談話、商量 ⇨動詞

例 句

❀仕事のことで課長と話し合った。

和課長商量工作的事情。

被害 ●track 147

義 受災、被害、損失 ⇨名詞

例 句

❀この町が受けた台風の被害は大きかった。

這個城市因颱風受到很大的損害。

比較 ●track 147

義 比較 ⇨名詞

例 句

❀田中は課長とは比較にならない。

田中完全比不上課長。

ぴったり ●track 147

義 緊密、剛好、恰好 ⇨副詞

例 句

❀この本は子供にぴったりだ。

這本書剛好適合孩子。

必要 （ひつよう）　　　　　　●track 147

義 必要、必須　　⇨ 名詞、な形

例 句

❀政府は必要な手段をとる。

政府採取必要的手段。

批判する （ひはん）　　　　　●track 147

義 批評、指摘　　⇨ 動詞

例 句

❀彼は私を不真面目だと批判した。

他批評我不認真。

微妙 （びみょう）　　　　　　●track 147

義 微妙　　⇨ 名詞、な形

例 句

❀微妙な区別。

微妙的差別。

評価 （ひょうか）　　　　　　●track 148

義 評價、評估、贊許　　⇨ 名詞

例 句

❀ 世間の評価が高い。

來自社會大眾的評價很高。

ひょうばん
評判 　　　　　　　　　　　● track 148

義 評論、評價、名聲、風評　　⇨ 名詞

例 句

❀ 首相は世間の評判がよい。

首相在社會上的風評很好。

ひろ
拾う 　　　　　　　　　　　● track 148

義 撿、挑出、攔、收留　　⇨ 動詞

例 句

❀ 財布を拾った。

撿到錢包。

ひろ
広がる 　　　　　　　　　　● track 148

義 廣大、變寬、擴展、蔓延　　⇨ 動詞

例 句

❀ 火事は隣のビルに広がった。

火災蔓延到隔壁大樓。

ふあん
不安 　　　　　　　　　　　● track 148

義 不放心、擔心　　⇨ 名詞、な形

例 句

❀彼女の安否が分からず不安です。

　　不知道她的安危所以很不放心。

不運 ●track 148

義 不幸、倒霉　⇨ 名詞、な形

例 句

❀不運な一生を送る。

　　度過不幸的一生。

普及する ●track 149

義 普及　⇨ 動詞

例 句

❀携帯電話は子供にまで普及している。

　　手機已經普及到了小孩的世界了。

複雑 ●track 149

義 複雑　⇨ 名詞、な形

例 句

❀それを聞いて複雑な気持ちになった。

　　聽到那件事時心情很複雜。

含む ●track 149

義 含、帶有、包含　⇨ 動詞

例　句

❀そのグループには子供2人が含まれている。

　那一組包含了2個小孩。

❀彼女の言葉は拒否の意味を含んでいた。

　她的話含有拒絕的意思。

ふざける　　　　　　　　●track 149

表 開玩笑、打鬧　　⇨動詞

例　句

❀ふざけて言ったんですよ。

　只是開玩笑的啦。

不正　　　　　　　　　●track 149

表 不正當、不法　　⇨名詞、な形

例　句

❀彼はその会社を不正な手段で手に入れた。

　他用不正當的手段得到那間公司。

再び　　　　　　　　　●track 149

表 再次　　⇨名詞

例　句

❀再び交渉を開始した。

　談判再次開始。

ベテラン ●track 150

義 老手、資深的人 ⇨ 名詞

例 句

❀彼はこの業界のベテランだ。

他是這個業界的老手。

減る ●track 150

義 減少、下降、餓 ⇨ 動詞

例 句

❀収益が減った。

收益減少了。

❀腹が減った。

肚子餓了。

変更する ●track 150

義 變更 ⇨ 動詞

例 句

❀予定を変更する。

變更預定。

保証 ●track 150

義 保證 ⇨ 名詞

例 句

❀頭がいいからと言って出世するという保証はない。

就算聰明，也不保證就能成功。

保存する ●track 150

表 保存 ⇨ 動詞

例 句

❀冷蔵庫に保存すれば1か月はもつ。

放在冰箱裡可以保存1個月。

ほとんど ●track 150

表 幾乎 ⇨ 副詞、名詞

例 句

❀気温は去年とほとんど変わりがない。

氣溫和去年幾乎沒有不同。

ほぼ ●track 151

表 大體上、大致、基本上 ⇨ 副詞

例 句

❀その工事はほぼ完了した。

那個工程大致完工了。

掘る <small>ほ</small>　　　　　　　　　　●track 151

表 挖掘　　⇨ 動詞

例 句

❀ 地面に深い穴を掘った。

在地上挖了很深的洞。

ぼんやり　　　　　　　　　　●track 151

表 模糊、看不清、恍惚、發呆　　⇨ 副詞

例 句

❀ 遠くに山がぼんやり見える。

遠方隱約可看到山。

❀ ぼんやりしていてファイルを間違って持って来てしまった。

因為精神恍惚所以不小心帶錯資料。

ま行

マイペース ●track 151

義 照自己的作法、我行我素，照自己的速度 ⇨ 名詞

例 句

❀ 彼女はマイペースで仕事をする。

她照自己的步調工作。

まさか ●track 151

義 想不到、難道、怎麼會、萬一 ⇨ 名詞、副詞

例 句

❀ まさかチャンピオンになるとは思わなかった。

沒想到會拿到冠軍。

増す ●track 151

義 增加、增長 ⇨ 動詞

例 句

❀ 体重が3キロ増した。

體重增加了3公斤。

貧しい ●track 152

義 貧窮、貧乏 ⇨ い形

例 句

❀ 彼は貧しい家に生まれた。

  他出生於貧窮的家庭。

❀ 想像力の貧しい人だ。

  想像力很貧乏的人。

招く

●track 152

義 邀請、招聘、招致　　⇨ 動詞

例 句

❀ 夕食に友人を招く。

  邀請朋友來吃晚餐。

まぶしい

●track 152

義 眩目、耀眼、光彩奪目、刺眼　　⇨ い形

例 句

❀ 太陽がまぶしかった。

  太陽光很刺眼。

まもなく

●track 152

義 不久、再一會兒　　⇨ 副詞

例 句

❀ あなたが行ってから間もなくして彼が来た。

  你走了之後不久他就來了。

守_{まも}る

● track 152

表 保護、遵守、保持　⇨ 動詞

例 句

❀ 名誉_{めいよ}を守_{まも}る。

　保護名譽。

❀ 沈黙_{ちんもく}を守_{まも}る。

　保持沉默。

❀ 約束_{やくそく}を守_{まも}る。

　遵守約定。

まるで

● track 153

表 好像、就像、完全、全然　⇨ 副詞

例 句

❀ 試験_{しけん}の結果_{けっか}はまるで駄目_{だめ}でした。

　考試的結果完全不行。

❀ あの人_{ひと}はまるでアメリカ人_{じん}のように英語_{えいご}を話_{はな}す。

　那個人就像美國人一樣說著英文。

まれ

● track 153

表 少有、罕見、稀奇　⇨ な形

例 句

❀ こんな出来事_{できごと}はまれにしか起_おこらない。

　像這種事件很少會發生。

磨く _{みが}

● track 153

義 擦、刷、磨、鍛鍊、磨練　⇨ 動詞

例 句

❀ 歯を磨く。

刷牙。

❀ 才能を磨く。

精進才能。

味方 _{みかた}

● track 153

義 盟友、伙伴　⇨ 名詞

例 句

❀ あなたはどちらの味方ですか。

你是站在哪一邊呢？

見事 _{みごと}

● track 153

義 美麗、出色、精彩、完全　⇨ な形、副詞

例 句

❀ 予想が見事に的中した。

預測完全正確。

認める _{みと}

● track 153

義 看見、承認、判定、許可　⇨ 動詞

例 句

❀自分の誤りを認めた。

承認自己的錯誤。

醜い ●track 154

醜、難看 ⇨ い形

例 句

❀腹が出て醜い。

肚子突出來很難看。

向ける ●track 154

向、朝、用作 ⇨ 動詞

例 句

❀窓の方に顔を向ける。

把臉朝著窗戶的方向。

❀スイスに向けて出発した。

往瑞士出發。

❀一日のうち10時間をピアノの練習に向けている。

一整天有10個小時都用在練習鋼琴。

むしろ ●track 154

不如說、寧可說 ⇨ 副詞

例 句

❀彼女は歌手というよりむしろ芸術家だ。

與其說她是歌手不如說是藝術家。

無駄 (むだ) ●track 154

義 白費、浪費、徒勞　⇨ 名詞、な形

例 句

❀忠告をしても無駄だった。

就算勸告也是白費。

❀金を無駄にする。

浪費金錢。

夢中 (むちゅう) ●track 154

義 著迷、熱中　⇨ 名詞、な形

例 句

❀彼女は中国語の勉強に夢中である。

她熱中於學習中文。

面接 (めんせつ) ●track 155

義 面試　⇨ 名詞

例 句

❀面接を受ける。

接受面試。

面倒 (めんどう) ●track 155

義 麻煩、費事、照顧　⇨ 名詞、な形

例 句

❀毎回書類に書き込むのは本当に面倒だ。

每次都要填寫資料真的很麻煩。

❀子供の面倒を見ている。

正在照顧孩子。

もうしこむ
申し込む　　　　　　　　　　●track 155

義 申請、提議　　⇨ 動詞

例 句

❀直接またはネットで申し込んでください。

請直接或是在網路上申請。

や行

やくめ
役目
● track 155

義 任務、職務　⇨ 名詞

例 句

✿ 子供を育てるのは親の役目だ。

養育孩子是父母的職責。

やっと
● track 155

義 好不容易、終於、勉強　⇨ 副詞

例 句

✿ やっと問題が解けた。

問題終於解決了。

やと
雇う
● track 155

義 雇用　⇨ 動詞

例 句

✿ その会社は 500 人の工員を雇っている。

那間公司雇用了 500 名員工。

や
辞める
● track 156

義 辭去、停止　⇨ 動詞

例 句

✿仕事を辞める。

辭職。

ゆかい
愉快　　　　　　　　　　　　　　●track 156

愉快、快活　　⇨ 名詞、な形

例 句

✿彼と愉快に語り合った。

和他愉快地談話。

ゆくえ
行方　　　　　　　　　　　　　　●track 156

去向、下落、行蹤　　⇨ 名詞

例 句

✿彼の行方は分からない。

不知道他的行蹤。

ゆず
譲る　　　　　　　　　　　　　　●track 156

轉讓、讓給、謙讓、出讓、延期　　⇨ 動詞

例 句

✿財産を息子に譲った。

把財產轉讓給兒子。

✿席を譲る。

讓座。

豊か (ゆた)

track 156

義 豊富、富裕 ⇨ な形

例 句

❀ 豊かな家に生まれた。

出生在富裕的家庭。

❀ 想像力が豊か。

想像力很豐富。

油断 (ゆだん)

track 157

義 疏忽大意 ⇨ 名詞

例 句

❀ 油断するとまた病気になりますよ。

疏忽的話又會生病喔。

緩い (ゆる)

track 157

義 緩慢、不急、不嚴格 ⇨ い形

例 句

❀ 靴のひもを緩く結ぶ。

把鞋帶綁得鬆鬆的。

❀ 川の流れが緩い。

河川水流得很慢。

❀ 管理が緩い。

管理很鬆。

夜明け
（よあ）

● track 157

義 天亮、黎明　⇨ 名詞

例 句

❀ 彼は夜明け前に帰宅した。
（かれ）（よあ）（まえ）（きたく）

他在天亮前回家了。

ら行

りてん
利点
　　　　　　　　　　　　　　　　● track 157

義 **優點**　　⇨ 名詞

例 句

❀ この 製品（せいひん）は 軽（かる）くて 丈夫（じょうぶ）という 利点（りてん）がある。

　這個產品的優點是又輕又堅固。

れいぎ
礼儀
　　　　　　　　　　　　　　　　● track 157

義 **禮貌**　　⇨ 名詞

例 句

❀ 人（ひと）の 足（あし）を 踏（ふ）んだら 謝（あやま）るのが 礼儀（れいぎ）だ。

　踩到人的腳要道歉是禮貌。

レベル
　　　　　　　　　　　　　　　　● track 157

義 **程度、層級**　　⇨ 名詞

例 句

❀ この 国（くに）は 文化（ぶんか）のレベルが 高（たか）い。

　這個國家的文化程度很高。

れんぞく
連続する

●track 157

表 連続　　⇨ 動詞

例 句

❀3日間連続して雨が降った。

連下3天雨。

單
字
篇

• 297 •

わ行

わがまま ●track 158

義 任性、放肆 ⇨ 名詞、な形

例 句

❀わがままを言うんじゃない。

　不可以說任性的話。

❀親の言うことを聞かないわがままな少年。

　不聽父母的話，任性的少年。

わずか ●track 158

義 僅僅、一點點、稍稍 ⇨ 名詞、な形

例 句

❀部屋にはわずかな服しかなかった。

　房間裡只有一些衣服。

❀わずかな差で2位だった。

　只差一點而屈居第二。

渡る ●track 159

義 橫越、歷時、過日子 ⇨ 動詞

例 句

❀横断歩道を渡る。

　過班馬線。

❀解答用紙は全員に渡りましたか。

答案紙已經傳給所有的人了嗎？

わりあい
割合　　　　　　　　　　　　　● track 159

表 比例　　⇨ 名詞

例 句

❀男子生徒と女子生徒の割合は4対2である。

男學生對女學生的比例是4比2。

わり
割に　　　　　　　　　　　　　● track 159

表 出乎意料、沒想到、比較　　⇨ 副詞

例 句

❀割に早く着いた。

沒想到提早到了。

永續圖書
線上購物網

www.foreverbooks.com.tw

◆ 加入會員即享活動及會員折扣。

◆ 每月均有優惠活動，期期不同。

◆ 新加入會員三天內訂購書籍不限本數金額，
即贈送精選書籍一本。（依網站標示為主）

專業圖書發行、書局經銷、圖書出版

永續圖書總代理：
五觀藝術出版社、培育文化、棋茵出版社、犬拓文化、讀
品文化、雅典文化、知音人文化、手藝家出版社、璞申文
化、智學堂文化、語言鳥文化

活動期內，永續圖書將保留變更或終止該活動之權利及最終決定權。

日檢單字+文法一本搞定N2

> 雅致風靡　典藏文化

親愛的顧客您好，感謝您購買這本書。

為了提供您更好的服務品質，煩請填寫下列回函資料，您的支持

是我們最大的動力。

您可以選擇傳真、掃描或用本公司準備的免郵回函寄回，謝謝。

| 姓名： | | 性別： | □男 | □女 |

出生日期：　　年　　月　　日　電話：

學歷：　　　　　　　　　職業：　　□男　　□女

E-mail：

地址：□□□

從何得知本書消息：□逛書店 □朋友推薦 □DM廣告 □網路雜誌

購買本書動機：□封面 □書名 □排版 □內容 □價格便宜

你對本書的意見：

內容：□滿意□尚可□待改進　　編輯：□滿意□尚可□待改進

封面：□滿意□尚可□待改進　　定價：□滿意□尚可□待改進

其他建議：

總經銷：永續圖書有限公司

永續圖書線上購物網

www.foreverbooks.com.tw

您可以使用以下方式將回函寄回。

您的回覆，是我們進步的最大動力，謝謝。

① 使用本公司準備的免郵回函寄回。

② 傳真電話：（02）8647-3660

③ 掃描圖檔寄到電子信箱：

　　yungjiuh@ms45.hinet.net

沿此線對折後寄回，謝謝。

廣 告 回 信
基隆郵局登記證
基隆廣字第056號

22103

 雅典文化事業有限公司　收
新北市汐止區大同路三段194號9樓之1

雅致風靡　典藏文化